Tuna von Blumenstein: Blauregenmord

Die Autorin:
Unter dem Pseudonym Tuna von Blumenstein hat die
Autorin vier Kriminalromane veröffentlicht:
»Der Tote im Zwillbrocker Venn« 2010
»Der hässliche Zwilling« 2011
»Mord in Genf« 2012
Die Bilder für das Cover »Blauregenmord« 2013 sind im
Garten Picker entstanden. www.garten-picker.de

Die Autorin lebt im Westmünsterland

www.ein-buch-lesen.com www.ein-buch-lesen.de

Impressum
Alle Rechte vorbehalten
©**Tuna von Blumenstein Juli 2013**
Herstellung und Verlag:
BoD – Books on Demand, Norderstedt
ISBN 978-3-7322-3537-7
Covergestaltung: www.entwurf-satz-druck.de
Grete C. Söcker, Emden
Die Handlung in diesem Buch ist fiktiv.

Bibliografische Information der Deutschen Nationalbibliothek
Die Deutsche Nationalbibliothek verzeichnet diese Publikation in der Deutschen Nationalbibliografie; detaillierte bibliografische Daten sind im Internet über http://dnb.d-nb.de abrufbar.

Tuna von Blumenstein

Blauregenmord

Ein Münsterland-Krimi

wer bestimmt was normal
was unnormal ist
gibt es inmitten
von schwarz oder weiß
lediglich schattierungen in grau

betrachte die gärten
erhasche dabei
einen blick in die seele derer
die sie hegen und pflegen
dann wirst du erkennen
dass die welt
ein riesiges meer
aus farben ist

Sylvia B.

Die ersten Sonnenstrahlen des Tages suchten sich ihren Weg durch die Lamellen und tanzten an der Wand des Schlafzimmers einen fröhlichen Reigen. Durch das weit geöffnete Fenster trug der leichte Wind den Hauch eines Duftes in den Raum und zauberte damit Berthold Picker ein Lächeln ins Gesicht. Er blinzelte und lauschte in die ungewohnte Stille des Hauses. Seine Frau war mit den Kindern an diesem Wochenende bei Verwandten.

»Berthold allein zu Haus!«
Mit einem Ruck warf er die Decke zurück und schwang sich aus dem Bett. Er öffnete die Fensterläden, blickte in den Garten und zu der Kletterpflanze, die ihm im Licht des beginnen Tages ihren duftenden Morgengruß sandte. Die Blüten des Blauregens hingen auf fast schon verschwenderische Art und Weise in Trauben von den Zweigen und verschickten ihren betörenden Duft mit dem Wind.

Berthold löste seinen Blick von der Blütenpracht, suchte das Bad und danach die Küche auf. Er fand alles so geordnet, wie er es am Abend vorher verlassen hatte und das kam ihm seltsam vor. Auch diese Geräuschlosigkeit war ihm fast schon unbehaglich. Er vermisste seine Familie, stellte er für sich fest.

Mit einem Frühstücksbrot und einem Becher frisch gebrühten Kaffee schritt er durch das Wohnzimmer. Während Berthold frühstückte, betrachtete er den Garten durch die großen Fenster. Es versprach, ein sonniger und auch warmer Maitag zu werden. Endlich zog der Frühling durch das Münsterland.

Bevor Berthold die Tür öffnete und die Terrasse betrat, kippte er den Schalter, der die Pumpe am Teich in Betrieb nahm. So sprudelte es fröhlich aus dem Quellstein und die Sonnenstrahlen spielten mit den Wassertropfen, als Berthold seinen Blick dem wolkenlosen Himmel zuwandte.

»Berthold allein zu Haus«, wiederholte er sich, »dann sollte ich den Tag auch für mich nutzen!«

Im Jahre 2002 hatten seine Frau und er den Garten angelegt, 3000 Quadratmeter Fläche mussten damals gestaltet werden. Es war Platz für einen Bauern- und Kräutergarten, der sich rechter Hand von ihm befand. Links befanden sich die Wasserspiele und die kleinen Teichanlagen. Berthold betrachtete das Wasser, bevor er seinen Rundgang durch den Gemüsegarten startete. Alles war so, wie er es am vorherigen Abend verlassen hatte. Und doch spürte er, dass irgendetwas anders war als sonst. Wieder schob er seinen Gedanken auf die fehlende Präsenz seiner Familie.

Sein Weg führte ihn zurück Richtung Terrasse, an dem offenen Brunnen vorbei, der, von Platanen umschlossen, friedlich in der Sonne stand. Noch ein paar Schritte trennten ihn von dem Weg, der zu der Rasenfläche führte. Dort hatte seine Frau in der Nähe des Pavillons, in dem sich Hochzeitspaare gerne fotografieren ließen, eine weitere Sitzgelegenheit kreiert, eine Bank aus Metall, die mit einem Hauch roter Farbe gestrichen war. Daneben breitete sich ein Sonnenschirm in dunklem Rot aus, der einen Tisch beschattete, auf dem sich auch in Rot gehaltene Dekoration befand. Das Arrangement wirkte wie ein Kunstwerk, hob sich von dem satten Grün der Rasenfläche ab und wurde im Vordergrund von hochgewachsenen Koniferen gerahmt. Den Hintergrund bildeten die Beete.

Berthold blieb stehen und starrte auf das Stillleben, das sich vor ihm auftat. Der Hauch eines Wohlgeruchs streifte seine Gedanken. Es war der Duft der Wisteria, den der zarte Wind zu ihm trug. Vor der Bank und in gekrümmter Haltung sah er eine Gestalt mit dem Rücken zu ihm liegen. Lange blonde Haare hoben sich vom Grün der Rasenfläche ab. Die leblose Person trug ein weißes Kleid mit kleinen roten Punkten. Bertholds Blick wanderte zu den Füßen der Gestalt. Er konnte dünne hohe Absätze erkennen und auch, dass diese Schuhe leuchtend rot waren. Ein Arrangement in Rot und Weiß, als wäre auch diese Kleidung Bestandteil eines Gesamtkunstwerkes, das durch ein Sinnbild der Vergänglichkeit ergänzt wurde und für das sein Garten herhalten musste.

Noch vor kurzer Zeit hatte Berthold in seinem Freundeskreis verkündet: »Irgendwann stolpere ich noch in meinem Garten über eine Leiche!« Seine Freunde haben gelacht und er auch. Sollten sich seine Vertrauten einen Scherz mit ihm erlaubt haben? Er wagte sich zwei Schritte näher heran und prüfte genau. Das war keine Puppe, das war ein Mensch, Berthold war sich da ganz sicher. Und er war sich sicher, dass dieses Geschöpf tot war.

Er fasste in seine Hosentasche, holte das Telefon heraus und informierte die Polizei über seinen makaberen Fund. Zum ersten Mal an diesem Morgen war er froh darüber, dass seine Familie nicht anwesend war. Er konnte sich sicher sein, dass ihm seine Gattin die Frage aller Fragen gestellt hätte, die vermutlich jeder Gatte irgendwann im Laufe der Ehejahre gestellt bekommt:
»WER IST DIESE FRAU?«

Am Eingang der Staudengärtnerei wartete Berthold auf die Ermittler aus Münster. Dietmar Höing, Leiter der Mordkommission, kam in Begleitung von Bea Kormann. Unmittelbar nach den beiden traf die Spurensicherung ein. Berthold beobachtete fasziniert, wie sich Peter Radke und seine Teammitglieder die weißen Papieroveralls überzogen, Taschen und Köfferchen aus dem Kofferraum herausholten, um sich dann, vom gegenüberliegenden Parkplatz aus, zum Eingang zu bewegen.

In diesem Moment traf auch der Gerichtsmediziner ein und schloss sich der Gesellschaft an. Die Karawane setzte sich in Bewegung. Berthold führte sie zu dem kleinen Türchen, das die Staudengärtnerei vom Gemüsegarten trennt. Dietmar Höing kam erst eine Melodie und dann Textsequenzen in den Sinn:
»Manchmal, da fallen mir Bilder ein …
Ein Kiesweg knirscht vornehm unter den Schritten … «
Sein Blick wanderte über die Beete und er stellte fest, dass auch seine Kollegen den Garten bewundernd betrachteten.

Reinhard Mey, der Name des Liedermachers, fiel Dietmar ein, noch bevor sie den Brunnen erreicht hatten.

Berthold blieb stehen. Wie er meist an dieser Stelle stehen blieb, wenn er Besucher durch die Anlage führte. Irgendwie hatte er das Bedürfnis, etwas sagen zu müssen. Doch es fehlten ihm die Worte. So zeigte er nur stumm in Richtung des Weges, der am Teich vorbei zu der Rasenfläche führte. Peter Radke setzte seinen Koffer auf den Brunnenrand ab, um Schuhüberzieher aus Plastik herauszuholen, die er an die Kollegen verteilte. Dezent rastete die Bajonettverriegelung ein, Peter Radke legte den Gurt der Kamera um seinen Hals, nickte Berthold zu, um das Signal zu geben, dass es weiter gehen konnte.

Der Fundort zeigte sich ihnen wie ein surrealistisches Bild. Rechts und links, in respektvollem Abstand von dem leblosen Körper, flankierten zwei Polizeibeamtinnen in ihren dunkelblauen Uniformen die Szene. Sie hatten simultan den Oberkörper leicht vorgebeugt, die Arme gestreckt zum Rücken geführt, um sie dort an den Händen festzuhalten. Aufmerksam betrachteten beide das tote Geschöpf. Vielleicht lag es an dem dunklen Blau der Uniformen, das im Kontrast zu dem Grün des Rasens stand und Bertholds Sinne für diese Farbe schärfte. Er entdeckte hellviolette Punkte, die sich um die tote Person verteilten und die er vorher wohl übersehen haben musste. Über seine Schulter hinweg zerriss das Klicken des Kameraauslösers den Moment. Mit einem entschuldigenden Räuspern drückte sich der Gerichtsmediziner an Berthold vorbei und betrat die groteske Inszenierung.

»Herr Picker haben Sie ein Glas Wasser für mich?« Bea Kormann zog Berthold aus seinen Gedankengängen und er war froh darüber, unter diesem Vorwand die Betrachtung abstreifen zu dürfen. Und er fand auch wieder Worte für das, was seinen Tagesbeginn so durcheinandergebracht hatte. Bea half ihm, Gläser und Wasserflaschen auf die Terrasse zu bringen.

Berthold entspannte sich, als Bea ihn zu dem Garten befragte, das lenkte seine Gedanken ab. So berichtete er ihr von den

fast 1300 verschiedenen Pflanzen und Sorten, die entdeckt werden konnten. Dass an den Gartentagen alles noch außerordentlich herausgeputzt und dekoriert wird. Dann würden die Besucher das Anwesen ganz besonders genießen. An diesen Tagen würde die Kinderkrebshilfe Weseke die Bewirtung übernehmen.
»Damit kommt auch noch jedes Mal eine ordentliche Summe in den Spendentopf des Vereins. Vielen Kindern konnte damit schon geholfen werden.«

Bea hörte ihm lächelnd zu. Gemeinsam gingen sie die Stufen herunter und betraten einen schmalen Weg, der um das Wohnhaus führte.

»Was duftet denn hier so gut?«
Sie näherten sich einem Taubenhaus, das erhöht an einem Baum angebracht und von dem Klettergewächs umwuchert wurde. Weiße Blütentrauben hingen an den Ästen in langen Dolden und wiegten sich im leichten Wind. Es schien, als stürzte ein Wasserfall aus Blüten herunter.
»Das ist Blauregen!« und auf den erstaunt fragenden Blick Beas führte er weiter aus: »Hier haben wir die weiß blühende Form der Wisteria.«
Der Duft wurde immer betörender, je näher sie der Glyzinie kamen. Eine weiße Taube saß auf der Stange vor dem Eingang ihres Hauses und betrachtete beide aufmerksam.

»Der Blauregen ist hochgiftig. Alles an ihm ist giftig, Blüten, Früchte, Blätter, Rinde, einfach alles.«
Bertholds Blick wanderte zu den Beamten der Spurensicherung, die konzentriert die Rasenfläche absuchten. Dann sah er Bea ernst an und führte nachdenklich aus:
»Und auch dieser Duft wirkt im Moment auf mich nur noch mörderisch!«

Natursteinplatten umrahmten den kreisrunden Teich, der inmitten einer Kiesfläche angelegt, zum Verweilen einlud. Berthold hatte neben Bea auf einer Steinbank Platz genommen, betrachtete nachdenklich die Stauden, die vis-à-vis hinter einer kleinen Steinmauer tapfer dem Winter getrotzt, jetzt dem Sonnenlicht entgegen wuchsen. In Gedanken feilte Berthold an einer Art Lebensbeichte.

»Ich glaube, ich muss Ihnen etwas erzählen, Frau Kormann.«
Schritte knirschten auf dem Kies. Dietmar Höing kam auf die beiden zugeschritten und setzte sich ebenfalls auf die Bank. Mit einem freundlichen Seitenblick ermunterte er Berthold, doch weiter zu reden. Dieser begann seine Ausführungen mit einem tiefen Seufzer.

»Gestern Abend habe ich bis gegen 23.00 Uhr noch über den Büchern gesessen, bin dann ins Bett gegangen und habe tief und fest geschlafen. Was ich damit sagen will, ich befürchte, dass ich kein Alibi habe!«
Dietmar Höing lächelte. »Nun, ich auch nicht! Hätten Sie denn ein Motiv?«
Berthold überlegte. »Ein Motiv? Dazu müsste ich diese Frau kennen. Ich habe sie ja nur von hinten gesehen. Sie kommt mir nicht bekannt vor.«

Dietmar Höing räusperte sich.
»Sie wollten meiner Kollegin etwas erzählen?«
Berthold atmete tief durch.
»Ja, ich muss Ihnen etwas mitteilen. Aber wie ich schon sagte, ich habe tief und fest geschlafen in der vergangenen Nacht und wer schläft, der mordet nicht!«

Leise sprach er weiter: »Vor einigen Tagen habe ich eine Bemerkung fallen lassen. Im Kreis meiner Freunde. Ich habe gesagt, dass ich irgendwann in meinem Garten über eine Leiche stolpern werde!«

Bea Kormann blickte zu ihrem Kollegen, bevor sie Berthold fragte: »Was ist das für ein Freundeskreis und wie hat der darauf reagiert?«

»Na ja. Es war während einer Chorprobe, als mir das so rausgerutscht ist …«, etwas verunsichert, als wäre es ihm peinlich, führte Berthold weiter aus: »Sie haben angefangen zu singen:
*Der Mörder war wieder der Gärtner/
Und der schlägt erbarmungslos zu.«*

»Reinhard Mey! Der kam mir schon in den Sinn, als ich Ihren Garten betreten habe. Aber der Mörder war in dem Lied der Butler und nicht der Gärtner. Sie können mir aber vielleicht weiterhelfen.«
Dietmar Höing holte aus seiner Tasche eine kleine Plastiktüte hervor. Darin befand sich eine blauviolette Blüte. Er zeigte Berthold das Fundstück.
»Das ist die Blüte des Blauregens.« Aufmerksam betrachtete der Gartenexperte den Fund.
»Wie ich Ihrer Kollegin schon sagte, befindet sich hier nur die weiß blühende Sorte der Wisteria, oder auch Glyzinie oder Blauregen genannt. Diese Blüte stammt eindeutig nicht aus meinem Garten.«
Er reichte Dietmar Höing das Beweisstück zurück. Der fragte: »Können Sie mir sagen, wo hier in der Nähe ein solcher Blauregen zu finden ist?«

Berthold überlegte.
»Zu Privatgärten kann ich natürlich nichts sagen, aber hier in der Nähe befindet sich der Apothekergarten, dort sind beide Arten gepflanzt. Darf ich fragen, wie die bedauernswerte Frau ihr Leben verloren hat?«

Wieder räusperte sich Dietmar Höing.
»Nun, wir gehen von einer nicht natürlichen Todesursache aus. Vermutlich Tod durch Vergiften.«

Vorsichtig fragte Berthold: »Kommt für Sie auch Selbstmord infrage?«

»Das können wir im Moment weder bestätigen noch dementieren. Dürfte ich Sie bitten, einen Blick auf das Gesicht der Person zu werfen? Vielleicht kommt es Ihnen ja doch noch bekannt vor.«

Der leblose Körper war in einen schwarzen Plastiksack gepackt und wartete, auf einer Bahre liegend, auf den Transport in das Gerichtsmedizinische Institut. Dietmar Höing zog den Reißverschluss ein Stück weit auf, sodass Berthold einen Blick auf das Antlitz der Leiche werfen konnte.

»Das ist ja ein Mann! Das Gesicht kommt mir bekannt vor. Ja, der war öfter hier, hat sich für die Hostasorten interessiert«, und mit dem Ausdruck des Entsetzens richtete Berthold seine Frage an den Kommissar: »Sagen Sie jetzt nicht, dass Sie hier noch eine Leiche gefunden haben!«

Das Team der Spurensicherung erweiterte die Ermittlungen auf den Bereich, der sich außerhalb des Gartens befand. Ein Weg führte seitlich am Garten vorbei Richtung Heimathaus und von dort zum Apothekergarten.

Während Peter Radke weiter nach Spuren suchte, informierte Dietmar seine Kollegin über den Stand der Ermittlungen. Der Tote trug keine Ausweispapiere bei sich. Aber wie der Zufall es so wollte, hatte eine der Polizeibeamtinnen, die zuerst eintrafen, den Toten erkannt. Er wohnte in ihrer Nachbarschaft.

»Manchmal gestalten sich die Dinge anders, als sie sich auf den ersten Blick darstellen. Ich habe auch gedacht, da liegt eine Frau. Aber es handelt sich eindeutig um einen Mann und noch etwas: Die Welt ist ein Dorf! Friedemann Müller ist der Name des Toten und er wohnt in Gemen. Wie die Kollegin mitteilte, Alter um Ende fünfzig, verheiratet, keine Kinder, Finanzbeamter an einer Behörde im Ruhrgebiet. Wo genau konnte sie nicht sagen. Die Eheleute leben sehr zurückgezogen. In Frauenkleidern hätte sie jedenfalls Friedemann noch nicht einmal an Weiberfastnacht zu Gesicht bekommen. Ach ja, seit einiger Zeit muss bei Müllers der Haussegen schief gehangen haben.«

Bea zog die Augenbrauen hoch.
»Eine Streife hatte sich bereits auf den Weg gemacht, aber Frau Müller scheint nicht zu Hause zu sein. Der Gerichtsme-

diziner wollte sich natürlich noch nicht endgültig festlegen. Aber soviel konnte er schon sagen, dass der Tod um 2 Uhr heute Nacht eingetreten sein muss.
Todesursache vermutlich durch Vergiften. Friedemann war auf Blauregen gebettet, es fanden sich auch Blüten in seinem Mund.«

»So etwas ist mir noch nicht untergekommen«, Bea Kormann war nicht überzeugt. »Pflanzengifte? Reagiert da nicht der Körper heftig? Und wenn Fremdverschulden im Spiel sein sollte, muss es doch Abwehrspuren beim Opfer geben!«

»Der Tote hatte an den Armen Abwehrhämatome. Auf den ersten Blick frische, aber auch einige älteren Datums. Auch jede Menge Blutergüsse an den Oberschenkeln. Genaues kann der Gerichtsmediziner erst sagen, wenn er Friedemann Müller auf dem Tisch liegen hat. Außerdem lagen unter dem Toten noch eine Plastikschüssel mit Resten von Kartoffelsalat und ein Löffel. Ferner eine Plastiktüte mit einigen Blauregenblüten. Die Sachen sind bereits auf dem Weg zur KTU.«

»Kartoffelsalat und Blauregen. Und diese Zusammenstellung soll tödlich sein?« Bea hatte Zweifel.

»Der Gerichtsmediziner vermutet, dass der Salat mit Kartoffelkeimen versetzt war, außerdem zusätzlich Buchsbaumblätter untergemischt wurden. Die auch hochgradig giftig sind. Nicht ganz sicher ist er sich, ob er nicht auch noch frische Dieffenbachien - Blätter gesichtet hat. Der Verzehr von 3 bis 4 Gramm dieser Blätter alleine würde schon zum Tod führen. Der Salat hatte es in sich. Was sonst noch beigemengt war, kann nur eine genaue Untersuchung klären.

Wir sollten auf jeden Fall auch Friedemanns Zimmerpflanzen genauer betrachten. Sicher ist, dass Friedemann Müller an dem Platz gestorben ist, an dem er gefunden wurde.«
Bea Kormann nahm die Umgebung genauer ins Visier.
»Dann sag mir bitte, wie er hier hergekommen ist. Ich habe kein Fahrzeug entdecken können, das nicht irgendwem zugeordnet werden konnte. Er wird sich nicht zu Fuß und erst recht nicht mit diesen Schuhen auf den Weg gemacht haben.«

Peter Radke unterbrach seine Spurensuche und brachte neue Erkenntnisse.
»Wir haben ein altes Fahrrad aus dem Graben gezogen. Die Reifen haben zwar keine Luft mehr, aber das muss nichts heißen. Sehr lange kann es jedenfalls nicht im Wasser der Welle gelegen haben. Vielleicht können wir Spuren daran sichern.«

Stumm betrachtete die kleine Gruppe Ermittler die Kollegen, die ein altes Fahrrad, das an einigen Stellen bereits starke Roststellen aufwies, an ihnen vorbei trugen.

»Sieht so das Rad eines Finanzbeamten aus?«
Beas Frage war an Peter gerichtet. Dieser hob und senkte als Geste der Hilflosigkeit seine Arme.
»Also, ehrlich gesagt werde ich aus diesem Szenario auch nicht richtig schlau. Ich fasse meinen Eindruck zusammen: Der Tote muss sich durch diese Lücke in der Hecke zutritt zum Garten verschafft haben.«

Peter zeigte auf eine schmale Lücke in der sonst durchgehenden hohen und dichten Bepflanzung, die den Garten einzäunte.
»Fakt ist, dass er weder barfuß, noch mit diesen Stilettos eine weitere Strecke gegangen sein kann. Wäre er barfuß spaziert, hätte das entsprechende Spuren an seinen Füßen hinterlassen. Der Weg ist asphaltiert. Hier, direkt an der Hecke, ist eine Absatzspur zu erkennen. Das ist aber auch schon der einzige Hinweis.

Dann berücksichtigt bitte, dass der Tote schmächtig und nicht sehr groß gewachsen war. Ich tippe auf knapp über 60 kg Lebendgewicht. Den kann eine kräftige Person ohne Weiteres geschultert und hier kurz abgesetzt haben.
Selbstmord ist zwar naheliegend, aber richtig anfreunden kann ich mich im Moment noch nicht mit dem Gedanken.
Verwertbare Profilabdrücke von Fahrzeugen konnte ich nicht entdecken. Ich werde jetzt diesen Apothekergarten aufsuchen. Wenn der Blauregen von dort stammt, werde ich das herausfinden.«

Auch Bea und Dietmar machten sich auf den Weg. Sie wollten die Witwe aufsuchen, trafen sie aber nicht im Haus an. So statteten sie der direkten Nachbarschaft einen Besuch ab. Ein junges Paar bewohnte das Nebenhaus. Sie saßen beim Frühstück auf der Terrasse, als die Ermittler vorsprachen. Gerne ließen sich Bea und Dietmar zu einer Tasse Kaffee einladen.

»Der arme Herr Müller, er wird sich etwas angetan haben.«
Die junge Frau wirkte sichtlich betroffen, als sie vom Ableben des Nachbarn erfuhr.
Bea hakte nach.
»Frau Brandt gibt es einen Grund für diese Vermutung?«

Gabi Brandt sah die Beamten nachdenklich an, bevor sie weitersprach.
»Sie haben gesagt, dass Sie von der Mordkommission sind? Wie muss ich das verstehen?«
Ihr Blick wanderte von den Beamten zu ihrem Lebensgefährten.

Dietmar Höing ergriff das Wort.
»Wir ermitteln, weil es sich um eine nicht natürliche Todesursache handelt. Sie werden verstehen, dass wir Ihnen aus ermittlungstechnischen Gründen keine näheren Informationen geben können. Wir wollen nur Fremdverschulden eindeutig ausschließen. Dazu brauchen wir Ihre Hilfe.

Es muss in der letzten Zeit immer mal wieder zu Streit zwischen den Eheleuten gekommen sein, können Sie das bestätigen? Haben Sie als direkte Nachbarn etwas mitbekommen?«

Die jungen Leute sahen sich an. Als hätten sie ein stummes Abkommen geschlossen, nickten sie sich unmerklich zu und Gabi begann mit ihren Ausführungen.
»Vor gut drei Jahren haben wir das Haus hier von einer Erbengemeinschaft erworben. Wir haben Umbaumaßnahmen durchgeführt und es uns gemütlich gemacht.« Gabi lächelte ihren Partner Michael an und dieser lächelte zurück.

»Natürlich haben wir uns auch Müllers vorgestellt. Herrn Müller haben wir als stillen, aber höflichen Mann erlebt. Frau Müller hatte vom ersten Moment an eine eher lauernde, misstrauische Einstellung uns gegenüber. Wir haben uns also mit unseren Namen bekannt gemacht. Ihr schien sofort klar gewesen zu sein, dass mit uns etwas nicht stimmen konnte, so fragte sie nur spitz: ›Sie sind nicht verheiratet?‹, und da war die Kuh vom Eis und der Drops gelutscht. Bis heute gab es keine weitere Kommunikation zwischen uns, sehe ich mal von nonverbaler ab.«

Bea legte ihre Stirn in Falten.
»Sie liegen also im Streit mit Müllers?«

»Streit? Nein, so würde ich das nicht sagen wollen. Wir gehen uns aus dem Weg. Ignorieren uns, so gut wie wir können. Damit meine ich Frau Müller. Herr Müller grüßt freundlich, wenn er mich sieht.« Gabi Brandt betrachtete für einen Moment ihren Garten, bevor sie leise weitersprach: »Grüßte, muss ich jetzt wohl sagen!«

Wieder brauchte sie etwas Zeit, um ihre Gedanken zu sortieren.

»Mein Lebensgefährte und ich haben beide einen stressigen Job. In unserer freien Zeit wollen wir unsere Ruhe haben. Darum sind wir auch hierher gezogen. Als Frau Müller dann gleich bei unserer ersten Begegnung so reagierte, stellten wir uns natürlich die Frage, wo wir wohl hier gelandet sind.
Aber als wir dann die anderen Nachbarn kennenlernten, konnten wir uns wieder beruhigen. Frau Müller steht mit ihren altmodischen Ansichten alleine auf weiter Flur.«

Dietmar Höing setzte seine Kaffeetasse ab.
»Frau Brandt, es soll Streit zwischen den Eheleuten gegeben haben. Können Sie dazu etwas sagen?«

Gabi überlegte ihre weiteren Worte. Sie warf einen fragenden Blick zu ihrem Lebensgefährten, bevor sie antwortete.
»Bei einem Streit gibt ein Wort das andere. Insofern kann ich nicht von einem Streit bei Müllers sprechen. Denn schreien

gehört habe ich in der letzten Zeit nur Frau Müller. Den möglichen Grund dafür haben wir an einer Einladung festgemacht.«
Gabi sah ihren Lebensgefährten Hilfe suchend an. So übernahm der das Wort.

»Die Nachbarschaft richtet jedes Jahr ein Sommerfest aus, an dem Müllers grundsätzlich nicht teilnehmen. Wir sind sofort nach unserem Einzug hier eingeladen worden. Dort lernten wir auch ein schwules Paar kennen. Die beiden Männer wohnen gleich im ersten Haus in der Straße. Mir fiel regelrecht ein Stein vom Herzen, als ich mich mit den beiden bei einem Bier austauschen konnte. Sie erzählten, dass sie von Frau Müller nur mit bösen Blicken bedacht werden, was sie aber nicht weiter stören würde. Auf jeden Fall waren die beiden vor gut 14 Tagen hier und brachten eine Einladung vorbei. Nächste Woche wollen sie heiraten und ein kleines Gartenfest ausrichten.«

Die Ermittler hörten aufmerksam weiter zu. Michael Kuhn berichtete, dass die beiden Männer auch Müllers einladen wollten. Sie hatten vor, anschließend dort vorzusprechen. Alle anderen Nachbarn hätten bereits zugesagt.

»Ich habe die beiden vors Haus gebracht und bin dort noch kurz stehen geblieben, mich hat es schon interessiert, wie Müllers reagieren werden.« Michael schüttelte den Kopf, bevor er weitersprach. »Das war an Friedemanns Auszeitwochenende.«
Den Begriff wollte Bea erklärt wissen, was Gabi dann auch tat.

»Die Eheleute gönnen sich regelmäßig eine Auszeit voneinander. Friedemann fährt einmal im Monat Freitags los und kommt Sonntagabend zurück. Frau Müller gönnt sich das Silentium in sporadischen Abständen sonntags. Vermutlich wird sie deshalb heute auch nicht erreichbar sein. Angeblich kehrt sie zur Meditation in einem Kloster ein.

Dazu kann Ihnen Thea Wagner vermutlich mehr sagen, die wohnt im zweiten Haus am Anfang der Straße, gleich neben dem Hochzeitspaar. Thea lebt hier, seit sie ein Kind ist, und kennt Helene Müller entsprechend lange.«

Die Ermittler machten sich Notizen. Michael erzählte weiter.
»Ich stand also im Vorgarten und konnte sehen, wie die bald Vermählten bei Müllers klingelten. Die fromme Helene öffnete die Tür und sah die beiden Männer völlig entgeistert an. Die überreichten ihr die Einladung und sprachen diese auch noch freundlich aus. Helene Müller wurde erst blass und dann rot im Gesicht, schrie die beiden an, was sie sich erlauben würden, zerriss die Karte vor deren Augen und warf ihnen die Schnipsel vor die Füße, bevor sie die Tür zuschlug. Ob sie mich noch gehört hat, kann ich nicht sagen, aber ich habe ihr ›blöde Kuh!‹ zugerufen. Die Sache hatte mich richtig wütend gemacht.«

Bea konnte sich ein Grinsen nicht verkneifen und auch Dietmar schmunzelte.
»Ist doch wahr!«, Michael schien immer noch verärgert. »In welcher Zeit leben wir denn? Sie hätte ja auch freundlicher absagen können, so ein benehmen gehört sich einfach nicht! Da darf ich mich auch im Ton vergreifen! Am Sonntagabend habe ich dann vom Küchenfenster aus Friedemann zurückkommen sehen. Vielleicht zwei Stunden später wollte ich noch in den Garten, betrat gerade die Terrasse, als ich Helenes Geschrei von nebenan hörte. Meine Güte hat die getobt!«

»Und sie vermuten, es ging um die Einladung?« Dietmar hakte vorsichtig nach.
»Davon gehe ich aus. Vielleicht nimmt Friedemann ja heimlich an einem Selbstbehauptungstraining teil, was weiß ich? Sie wird ihm jedenfalls von dieser unerhörten Einladung berichtet haben. Möglich, dass er gerne auf die Party gehen wollte und ihr das gesagt hat. Sie ist jedenfalls völlig ausgerastet. Was sie gebrüllt hat, konnte ich nicht verstehen. Aber die Töne drangen durch die Doppelverglasung ihrer Fenster.«

Bea und Dietmar wechselten einen Seitenblick, bevor sie Michael zum Weitersprechen ermunterten.

»Friedemann fährt morgens mit dem Rad zum Bahnhof und von dort ins Ruhrgebiet. Gabi und ich sind während der Woche meist gegen 18.00 Uhr wieder im Haus. Meist ist er auch um diese Zeit mit uns wieder zurück. Helene arbeitet im Supermarkt hier ums Eck. Ich kenne ihre Schicht nicht, aber seit diesem denkwürdigem Wochenende hat sie abends Friedemann oft zur Schnecke gemacht. Die kann zetern wie ein Fischweib auf dem Markt.«

Mit nachdenklichem Gesichtsausdruck folgte Gabi den Ausführungen ihres Lebensgefährten. Sie schien noch mehr Angaben machen zu können. Ein freundlich fragender Blick von Dietmar ermunterte sie, wieder das Wort zu ergreifen.

»Wenn das Wetter es zulässt, jogge ich samstags in der Frühe ein paar Kilometer. Unsere Straße führt zu einem Wirtschaftsweg und der verläuft durch die angrenzende Bauernschaft. Wenn ich diese Strecke laufe, muss ich am Haus von Müllers vorbei. Letztes Wochenende hörte ich Helene Müller eine Unterhaltung führen, genau in dem Moment, als ich am Vorgarten vorbei lief. Ich habe nur einen kurzen Blick rüber geworfen, konnte nicht sehen, mit wem sie sprach. Aber sie saß irgendwie zusammengekauert auf der kleinen Mauer, die das Grundstück vom Feld nebenan abgrenzt.

Als ich nach gut einer Stunde wieder zurückkam, saß sie immer noch dort. Aus meiner Position konnte ich sie deutlich einsehen und, da sie mir den Rücken zuwandte, fühlte ich mich unbeobachtet. Sie sich übrigens auch.

Ich bin dann stehen geblieben, habe ein paar Dehnübungen gemacht und sie genauer betrachtet. Sie saß da, als wäre ihr Körper irgendwie eingefallen, und brabbelte vor sich her.

Erst dachte ich, dass sie vielleicht telefoniert. Aber sie hatte ihre Arme um sich geschlungen, als wollte sie sich selbst umarmen. Und es war sonst niemand zu sehen. Sie hat eindeutig Selbstgespräche geführt.

Für einen Moment kam mir der Gedanke, ihr meine Hilfe anzubieten, aber ich wollte mir nicht wieder einen bösen Blick von ihr einfangen, also habe ich es gelassen und bin nach Hause.«

Eine Kohlmeise kam angeflogen, turnte geschickt um ein Vogelhäuschen herum, das unweit der Terrasse aufgestellt, Futter bereithielt. Das Gartengrundstück wurde von Sträuchern und Bäumen gerahmt, die auf harmonische Art und Weise mit dem Grundstück der Müllers korrespondierten.

»Schön haben Sie es hier!« Dietmar fasste seinen Eindruck in Worte.

»Die Bepflanzung sorgt schon für einen natürlichen Schallschutz und darum bekommen wir normalerweise von den Nachbarn recht wenig mit.« Michaels Blick wandte sich dem Nachbargrundstück zu, bevor er weitersprach.

»Die letzte Woche verlief für Gabi und mich sehr stressig, aus beruflichen Gründen. Irgendwann hörten wir abends, wie Helene ihren Friedemann zur Schnecke machte. Gabi meinte noch, dass da wohl ein Machtkampf tobte. Vielleicht nahm Friedemann die Einladung zum Anlass, bestehende Strukturen aufzuweichen.«

Er löste seinen Blick und wandte ihn zu seiner Lebensgefährtin. Diese nickte unmerklich, bevor sie, wie auf ein unsichtbares Zeichen hin, von den Ereignissen des vergangenen Samstags berichtete.

»So gegen 10.00 Uhr kam ich vom Joggen zurück. Als ich mich dem Haus der Müllers näherte, hörte ich Helen schon zetern. Ihr Wagen stand in der Einfahrt, zusammen mit einem Eimer. Friedemann wollte wohl das Fahrzeug reinigen und Helene hielt ihn davon ab. Diesmal konnte ich jedes Wort von ihr verstehen. Ich blieb stehen, bevor sie mich sehen konnten.

Deutlich konnte ich hören, wie sie ihm mitteilte, dass es ihr Wagen sei, von dem er die Finger lassen sollte und dass sie am Sonntagmorgen wegfahren wolle. Und auch, dass sie von

Friedemann erwartet, dass er verschwunden ist, wenn sie abends wieder zurückkommt. Es war unmissverständlich, dass sie ihn rausschmeißen wollte. Ihn konnte ich nicht verstehen, weil er ihr wohl sehr leise antwortete. Sie schrie ihn nur an, dass es ihr egal sei, wo er unterkommt. Sie wolle ihn nicht mehr sehen, weil sie ihn nicht mehr ertragen könne.

Ich bin dann weitergegangen. Als sie mich sah, hielt sie inne und warf mir ihren bösen Blick zu. Friedemann stand da, wie ein Schuljunge mit gesenktem Kopf. Ich habe ihr dann einen bösen Blick zurückgeschickt und bin ins Haus.«

Bea machte sich Notizen, während die junge Frau erzählte. Der Samstag verlief dann störungsfrei. Wie Gabi mitteilte, war sie am Nachmittag im Supermarkt einkaufen und hat dort gesehen, wie Helene Müller Regale bestückte. Scheinbar hatte sie also Spätschicht. Mehr konnten Gabi und Michael den Ermittlern nicht berichten, die eine Karte mit Namen und Telefonnummer hinterließen für den Fall, dass den beiden doch noch etwas einfallen würde.

An der Haustür angekommen, stellte Dietmar dann zwei Fragen.
»Wenn ich das richtig verstanden habe, gehört der Pkw Frau Müller. Aber Herr Müller benutzt den Wagen, wenn er sein Auszeitwochenende nimmt?«
Die Frage wurde von dem Paar bejaht.
»Besitzt Frau Müller auch ein Rad und wenn ja, in welchem Zustand sind die Räder?«
Wie den Ermittlern glaubwürdig versichert wurde, waren die beiden Räder der Müllers in einem sehr gepflegten und ordentlichen Zustand. Wie alles bei Müllers sehr ordentlich und sehr gepflegt war, so, wie es sich halt gehört für normale Leute.

Auf gleicher Höhe mit dem Gartengrundstück hörte auch der Asphaltbelag auf und ging in einen Sandweg über. In Abständen waren seitwärts an diesem Feldweg Bäume und Sträucher gepflanzt. Hinweistafeln erklärten dem Wanderer Gattung und Art. Peter Radke suchte vergeblich nach Spuren. Er erreichte die Unterführung der Bundesstraße. An deren Ausgang wartete eine Holzbrücke darauf, von ihm beschritten zu werden. Eine andere Welt tat sich vor Peters Augen auf. Vor ihm lag das Areal des Quellengrundparks, mit Gebäuden und Parkanlagen.

Hinter der Brücke zog ein Holzhaus Peters Aufmerksamkeit auf sich. Fasziniert betrachtete er das Fundament des Schuppens, das aus pyramidenförmigen Sandsteinen bestand. Auf diesen lagen Sandsteinplatten. Das Grundgerüst, das aus eichenen Ringbalken bestand, ruhte auf diesen Platten. »Clever gemacht!«, murmelte Peter, »Da kommt kein Mäuschen in die Museschoppe.«

Er wechselte das Objektiv der Kamera und machte Nahaufnahmen der Konstruktion. In früheren Zeiten wurden in diesem sogenannten Mäuseschuppen Getreidegarben gelagert. Ein neugieriger Blick in das Innere des kleinen Lagerhauses verriet Peter, dass nun historische Gerätschaften darin untergebracht waren.

Peter Radke wohnte in einem alten Kötterhaus, das er in den letzten Jahren liebevoll restaurierte. Dabei hatte er seine Leidenschaft für alte Gebäude entdeckt, die er, wann immer sich die Möglichkeit ergab, mit der Kamera ablichtete.

So kam er auch nicht an den Schirmscheunen vorbei, ohne dass er den Auslöser drücken musste. Geschützt vor Witterungseinflüssen waren dort allerlei alte Gerätschaften untergestellt.

Peter verlor das Gefühl für Raum und Zeit. Lächelnd schritt er an den Gebäuden vorbei, entdeckte den Geologischen Garten, die Schaukästen, eine Erdzeituhr, die er ebenfalls unbedingt ablichten musste.

Als er den Backspeicher erreichte, riss ihn das Klingeln seines Handys wieder in die Gegenwart und erinnerte ihn umgehend daran, dass er an diesem Ort war, weil er einen Dienstauftrag zu erfüllen hatte. Dietmar Höing war zusammen mit Bea auf dem Weg zu einer weiteren Nachbarin und nutzte die Zeit, um Peter nach neuen Erkenntnissen zu befragen.

»Auf dem Verbindungsweg habe ich keine verwertbaren Spuren finden können, Dietmar. Ich stehe vor dem Eingang zum Apothekergarten. Tatsächlich sehe ich dort Blauregen. Ich schaue mir den jetzt genauer an und melde mich dann umgehend bei dir.«

Der Duft der Glyzine zog Peter in seinen Bann. Die Blütentrauben hingen verschwenderisch von den Ästen. Sie wurden von einem alten, aber stabilen Pavillon mühelos getragen. Peter stellte sich unter diesen Schirm aus Blüten und Wohlgeruch, schloss für einen Moment die Augen und ließ den flüchtigen Moment auf sich wirken.
»Für diesen magischen Ort werde ich mir Zeit nehmen!«, beschloss er leise für sich.

Er atmete mit einem Seufzer aus und konzentrierte sich auf seine eigentliche Aufgabe. Sorgfältig suchte sein Blick die Kletterpflanze ab. Tatsächlich entdeckte er saubere Schnittspuren an den Ästen. Hier hatte jemand Blütentrauben abgeschnitten. Er fotografierte die Entdeckung und informierte umgehend seine Kollegen. Auf dem Weg zurück kam er an einer Vitrine vorbei und beschloss, sich doch noch fünf Minuten seiner Dienstzeit für eine Betrachtung zu gönnen.

Eine alte Kirchturmuhr zog ihn in ihren Bann, als wäre sie ein Symbol für die Vergänglichkeit. An einem Ort, an dem die Zeit stehen geblieben zu sein schien. Er betrachtete fasziniert das Räderwerk und stellte lächelnd fest, dass diese Uhr tatsächlich noch ihren Dienst versah.
»Im Gegensatz zu mir!«, tadelte er sich schelmisch und machte ein paar Fotos, bevor er sich nun endgültig für diesen Tag von diesem Ort verabschiedete.

Theas Vorgarten bot sich als Augenweide für die Ermittler. Bodendeckerrosen wurden von Lavendel gerahmt. In ein paar Wochen würden sie ihre ganze Pracht entfalten können. Bis dahin gaben Frühblüher ihr Bestes. Wie verschlafen lag die Siedlung unter der Maisonne des Sonntagvormittags.

»Wir können davon ausgehen, dass die Blauregenblüten tatsächlich aus dem Apothekergarten stammen. Peter ist dort fündig geworden.«
Mit leiser Stimme informierte Dietmar seine Kollegin. Diese betrachtete angelegentlich die Stiefmütterchen, die Thea Wagner liebevoll in einer Schale seitlich der Haustür gepflanzt hatte. Ohne auf Dietmars Bemerkung einzugehen, klingelte Bea an der Haustür.

Die Flügel der Terrassentür waren weit geöffnet und ließen die Frühlingsluft in das freundlich gestaltete Wohnzimmer. Auch Thea Wagner zeigte sich sichtlich betroffen über den Tod ihres Nachbarn. Die Rentnerin erzählte den Beamten, dass sie Helene schon kannte, als diese noch ein kleines Kind war.

»Helenes Eltern waren nicht mehr die Jüngsten, als es mit dem Kinderkriegen dann doch noch geklappt hatte. Den Ausdruck ›fromme Menschen‹ mag ich für diese Familie nicht benutzen. Eher ›frömmelnde Geschöpfe‹, die ihre Tugendhaftigkeit wie eine Standarte vor sich hertrugen.«

Thea machte keinen Hehl aus ihrer Einstellung zu Helene Müller, die ihre Eltern bis zu deren Tod pflegte und danach das Haus alleine bewohnte.
»Spätestens dann hätte sie ihr Leben in andere Bahnen bringen können, aber sie pflegte die Tradition und auch die Bücher weiter, in denen genau vermerkt war, wer sonntags in die Kirche ging und wer schwänzte. ›Unsere Sicht der Dinge ist die einzig richtige! Wir bestimmen, was gottgefällig ist und was nicht‹. Helene hatte tatsächlich überlegt, ins Kloster zu gehen. Und über diesen Gedanken sind die Jahre ins Land gegangen.«

So hatte die Nachbarschaft mit ungläubigem Erstaunen reagiert, als Helene mit seltsam verklärtem Gesichtsausdruck umherwandelte. Von Friedemanns Existenz erfuhren die Mitbürger erst, als eine Heiratsanzeige in der Zeitung stand. Das Paar hatte sich in aller Stille das Ja-Wort gegeben und selbstverständlich umgehend auch den kirchlichen Segen eingeholt.

Den Ehestand hatten sich beide aber wohl anders vorgestellt.
»Vielleicht war die Hochzeitsnacht für Helene ein traumatisches Erlebnis.«
Das lag jetzt gut fünf Jahre zurück. Helene Müller war also ein spätes Mädchen, das ihren Ehegatten in einem Urlaub an der Mosel kennengelernt hatte.

»Das war der erste Urlaub, den sie sich gegönnt hat. 14 Tage Vollpension in einer Familienpension in Traben-Trarbach. Friedemann muss ursprünglich aus Bocholt kommen, genau kann ich es nicht sagen.«

Bei Kaffee und Schnittchen plauderte Thea munter drauf los. Friedemann galt als stiller aber freundlicher Mensch, der bei Helene unter dem Pantoffel stand. Der verklärte Gesichtsausdruck vor der Eheschließung wich einem grantigen in der Zeit danach, der dann in einen bösen Blick endete, mit dem Helene jeden bedachte, der zufrieden sein Leben gestaltete.

Das Ehepaar lebte isoliert und wollte scheinbar an diesem Zustand nichts ändern. Einladungen jeglicher Art wurden abgelehnt. Gemeinwesen fand unter Ausschluss der Müllers statt.

»Was Helene sich aber mit Lars und Daniel gerissen hat, schlägt dem Fass den Boden aus!«
Es hatte sich herumgesprochen, auch, dass seitdem der Haussegen bei Müllers schief hing.
»Wenn Sie mich fragen, so hat Helene ihren Gatten in den Tod getrieben! Das werde ich ihr auch bei passender Gelegenheit mitteilen, da kenne ich keine Gnade! Soll jeder leben, wie er mag. Helene ist nicht das Maß der Dinge!«

Nach einem kurzen Moment, in dem Thea ihre Gedanken sortierte, fügte sie leise an: »Wobei Friedemann sicher auch Alternativen hatte. Warum hat er sie nicht verlassen? Eine Scheidung ist doch in der heutigen Zeit kein Problem mehr. So lange waren sie doch auch nicht verheiratet.«

Bea betrachtete die ältere Dame aufmerksam, bevor sie eine Überlegung vortrug.
»Vielleicht kam eine Auflösung für beide nicht infrage. ›Bis dass der Tod uns scheidet‹, dieser Schwur könnte bindend gewesen sein.«

»Selbstmord ist eine Todsünde und käme bei dieser Weltanschauung genauso wenig infrage. Wenn ich ehrlich sein soll, kann ich zu Friedemanns Einstellung nichts sagen. Er hat zwar, wenn er sich nicht gerade sein freies Wochenende genommen hat, Helene brav bei ihren Kirchgängen begleitet, aber mehr weiß ich auch nicht über ihn.«, und mit einem leisen Seufzer führte sie aus: »Man schaut den Menschen halt nur vor den Kopf. Was wirklich in ihnen vorgeht, verschließt sich uns.«

Dietmar richtete seine letzte Frage an Thea, bevor er sich mit Bea wieder auf den Weg machen musste.
»Frau Wagner, gab es zwischen Friedemann und jemanden aus seinem Umfeld Auseinandersetzungen? Haben Sie da irgendetwas mitbekommen?«

Die Antwort konnte Thea Wagner klar und überzeugend geben:
»Mit Friedemann Müller lag hier nur Helene im Streit!«

Vornehm knirschte der Kies unter den Schritten. Bea und Dietmar hatten Berthold um einen Rundgang im Garten gebeten. An das Ereignis der frühen Stunde erinnerte nichts mehr.

»Ich hatte gefragt, Ihre Kollegen meinten, sie wären fertig mit ihrer Arbeit. Darum habe ich die Rasenfläche freigeräumt. Morgen will ich frühzeitig mähen.«

Dietmar nickte.
»Wir haben noch Fragen, die wir uns nicht beantworten können. Es gibt hier so viele Gelegenheiten, sich zum Sterben abzulegen. Warum mitten auf der Wiese?«
Berthold grübelte, bevor er seine Antwort gab.

»Der Gemüsegarten dürfte sich nicht anbieten. Der ist auch durch die Fenster im Haus schnell einsehbar.«

Bea überlegte laut.
»Die Radieschen von unten betrachten- das ist ja eine Redeart. Sich in ein Beet zu legen, würde eine gewisse Komik erzeugen, denke ich einmal.«
»Für Außenstehende ist es eine Komödie, für die Betroffenen eine Tragödie! Diese Inszenierung bereitet mir Kopfschmerzen.«
Dietmar wies mit der Hand auf eine hohe Hecke, zu der ein schmaler Weg führte.
»Was befindet sich dahinter? Gehört das auch zum Garten?«

Berthold führte die Beiden zum seitlich des Gemüsegartens angelegten Gebiet. Der Weg war gesäumt von einer hohen Rotbuchenhecke und führte an einem tiefergelegten Bereich vorbei, der mit Kies ausgefüllt war. Kleine Holzstege unterbrachten die strenge Anordnung. Auf dem Kies wuchsen Pflanzen und standen Metallfiguren auf Holzsockel. In die Hecke waren Zinnen und Türme mit runden Ausbuchtungen geschnitten. Sie befanden sich in der Burg, der Ruine des Hausherrn. Am Ende des Weges war ein Metallbett auf Holzklötzen aufgestellt. Die Matratze bestand aus einer kleinen Rasenfläche. Liebevoll dekoriert zauberte das Arrangement den Betrachtern ein Lächeln in die Gesichter.

»Hier ließe es sich schöner sterben!« Spontan ließ sich Bea zu dieser Äußerung hinreißen, die Berthold umgehend kommentierte.
»Das mag auf den ersten Blick so erscheinen. Aber wer will schon auf einem Pflanzenklärwerk sein Leben beenden?«

Ohne den freundlichen Gastgeber erkundeten die Ermittler das Anwesen weiter. Es gab in der Tat behaglichere Stellen im Garten, um sein Leben ein Ende zu bereiten, als ausgerechnet mitten auf der Rasenfläche. Die Inszenierung war alleine schon von ihrer räumlichen Anordnung her, bewusst so gewählt worden. Friedemann sollte oder wollte ein deutliches Zeichen setzen. Da war sich Dietmar sicher.
»Bea, wir fahren zu dem Haus der Müllers. Vielleicht haben wir Glück und finden dort noch irgendetwas Verwertbares.«

Dietmar Höing wendete den Wagen und parkte unter einem alten Walnussbaum, der seine Äste ausladend der Maisonne entgegenstreckte. Aus dem Handschuhfach kramte er einen Stadtplan heraus und suchte auf der Karte nach seinem Standpunkt.

»Schau mal Bea, das ist interessant. Die Straße endet hier und wird zu einem Wirtschaftsweg. Wer diese Abzweigung hier befährt, kommt direkt in Weseke heraus.«
Dabei zeigte er auf einen Knotenpunkt, der auf der Karte verzeichnet war, und führte seinen Finger dem eingetragenen Weg entlang.

»Das alte Rad könnte ein Fundstück gewesen sein. Friedemann Müller machte sich also in der Nacht auf den Weg. Er war ortskundig. Er fuhr zum Apothekergarten, schnitt dort die Blauregenblüten, packte sie in die Tragetasche und fuhr dann das kleine Stück wieder in die entgegengesetzte Richtung. Er warf das Rad in die Welle und begab sich zum Garten. Die Schere oder das Messer hatte er unterwegs weggeworfen. Um die Zeit dürfte er nicht mit vielen Menschen gerechnet haben, die ihm begegnen.«

Sorgfältig faltete Dietmar die Karte zusammen und verstaute sie wieder im Handschuhfach. Danach betrachtete er aufmerksam das Haus der Müllers. Leise sprach er weiter.

»Und wenn ihm doch jemand begegnet sein sollte, dann wird dieser jemand eine Frau mit langen blonden Haaren gesehen haben. In einem weißen Kleid mit roten Punkten, in roten Stilettos auf einem verbeulten Rad. Wobei wir beim Thema wären. Nicht nur für einen Finanzbeamten ein außergewöhnliches Outfit außerhalb der Karnevalszeit.«

Bea betrachtete ihren Kollegen stumm, mit einem fast schon lauernden Gesichtsausdruck. Dieser musterte die einfache Bauweise des Hauses. Es musste in den 1950er- Jahren gebaut worden sein, in der Nachkriegszeit, die geprägt war durch Beschränkung und Materialknappheit. Irgendwann in den 1970er dürften Umbaumaßnahmen infolge der Energiekrise durchgeführt und auch die Garage gebaut worden sein. Die Fassade hatte eine Wärmedämmung erhalten. Dicht gewobene Gardinen ließen keinen Blick ins Innere des Hauses zu.

Alles wirkte spartanisch und funktionell. Der Vorgarten bestand aus Waschbetonplatten. Rechts am Haus vorbei standen ein paar Sträucher. Links begrenzte ein Mäuerchen den Weg an der Garage vorbei in den Garten. Dort musste Helene sinniert haben. ›Worüber?‹, fragte sich Dietmar. Er war sich sicher, dass nach dem Tod der Eltern die Tochter nichts an dem verändert hat, was ihr als Erbe aufgetragen worden war.

Leise, fast mehr zu sich selbst, murmelte er: »Hinter den schönsten Gardinen werden oft die bittersten Tränen geweint!«

»Findest Du die Gardinen schön?« Der scharfe Unterton in Beas Stimme war nicht zu überhören. Dietmar schien die Frage zu ignorieren.

»Das ist ein Haus mit vielen Symbolen, wir müssen sie nur als solche erkennen und zu deuten verstehen. Unabhängig von gängigen Modetrends sind Gärten, Wohnungen und auch Kleidung immer auch ein Spiegel der Seele.

Dieses Haus sagt mir deutlich, dass die Besitzer nicht in ihr Inneres blicken lassen wollen, dass darum festgehalten wird an vertrauten Gepflogenheiten und dass ein dringendes Bedürfnis nach ›Normalität‹ besteht.«

»Was ist für dich ›normal‹?« Die Färbung in Beas Stimme nahm einen lauernden Ausdruck an.
Dietmar lachte leise auf.
»Der Soziologe Gerhard Schulze sagt dazu: ›Es gibt kaum etwas Schwierigeres als eine Theorie des Normalen.‹ Wenn es ihm schon schwerfällt, das Normale zu beschreiben, was erwartest du dann von mir?«
Lächelnd nickte Bea die Frage ab.

»Schau Bea, es ist normal, dass ein Mensch mit 70 Jahren ein Gebiss trägt. Aber es gibt auch Menschen, die bis ins hohe Alter noch ihre eigenen Zähne haben, sind die unnormal? Müssen die sich ihre Zähne ziehen lassen, damit sie, wie alle anderen, ›normale Greise‹ sind? Das wäre wirklich töricht. Die Zeiten ändern sich und die Toleranz für Abweichungen in manchen Bereichen nimmt zu. Gleichzeitig sinkt sie auf null, wenn es um andere Dinge geht, bei Missbrauch an Kindern zum Beispiel. Das ist auch gut so. Aber es gibt auch Menschen, die Probleme mit der Toleranz anderer haben, Helene Müller ist das beste Beispiel dafür. Auch ihre Einstellung sollte toleriert werden. Es ist ihre Sache, ob sie das schwule Pärchen akzeptiert oder nicht. Nur scheint es so zu sein, dass ihre Intoleranz eine häusliche Katastrophe ausgelöst hat, wie auch immer diese vonstattenging.«

Eine kleine Gruppe Fahrradfahrer fuhr die Straße entlang, die Beamten sahen ihnen nach, bis sie in eine Querstraße abgebogen waren.
»Ob Friedemann Müller ein Transvestit war? Was denkst du, Bea?«
Sie hatte gewusst, dass diese Frage irgendwann aufkommen würde. Sachlich, bewusst ohne emotional zu wirken, wollte sie Dietmar antworten. Sie holte tief Luft und sah ihn an. Ihr Kollege hatte ein breites Grinsen aufgelegt. Bea atmete aus und schwieg.

»Bea was ist los? Spucke es aus! Dieser Fall nagt aus irgendwelchen Gründen an dir. Es wird nicht besser, wenn du weiter schweigst.«

Ohne es zu wissen, hatte Friedemann eine alte Wunde in Beas Seele aufgebrochen. Das war ihr längst klar geworden und sie überlegte, dass es Sinn geben könnte, ihrem Kollegen von einem alten »Familiengeheimnis« zu berichten.

Es war eine andere Zeit. In dieser Zeit gab es noch kein Internet. Die Menschen waren mit dem Neuaufbau beschäftigt, der Krieg hatte deutliche Spuren hinterlassen. In diese Zeit wurden Beas Mutter und deren Schwester hineingeboren. Und irgendwann auch der ersehnte Stammhalter der Familie, den die Eltern Christian nannten. Wobei die Geschlechtsmerkmale des Kindes als »überwiegend« männlich erschienen. Chris war intersexuell, hatte also Merkmale beider Geschlechter. Der stolze Vater brauchte einen Erben für den Hof. Und so blieb er stur. Christian war ein Junge. Punkt. Dieser Sturheit war es zu verdanken, dass dem Kleinkind Operationen zur eindeutigen Geschlechtszugehörigkeit erspart blieben.

Probleme stellten sich in der Pubertät ein, die bei Christian nicht in der üblichen Form verlief. Da griff dann eine Hormontherapie. Ob Christian ausgemustert wurde, weil bei der entsprechenden Untersuchung Zweifel an seiner tatsächlichen Männlichkeit bestanden, oder der Einwand des Vaters, seinen Sohn auf dem Hof zu brauchen, ausschlaggebend war, konnte später nicht mehr klar gesagt werden. Christian wurde ausgemustert.

Irgendwann ging er nach Berlin, entzog sich dem Druck des Elternhauses und wurde zum Tabuthema in der Familie. So kam es, dass die ältere der Schwestern einen Bauernsohn heiratete und den Hof übernahm. Bea erfuhr erst von Christians Existenz, als ihre Großmutter, zehn Jahre nach ihrem Mann, diesem ins Grab folgte.

Bea war im ersten Jahr ihrer Ausbildung zur Polizeianwärterin und hoch erfreut darüber, dass es Exoten in der Familie gab, die sie selbst als furchtbar normal, fast schon spießig empfunden hatte.

Nach der Beerdigung der Großmutter kamen sie ins Gespräch.
»Ich bin Chris!«
Nicht »der« Chris, weil Chris alles sein kann: Christian oder Christine oder Christiane. Bea und Chris verstanden sich auf Anhieb. Nutzen die gemeinsame Zeit für Gespräche, in der Bea viel über ihre Familie, aber auch das Schicksal von Chris erfuhr. Über die gesundheitlichen Probleme, die durch die Hormonbehandlungen hervorgerufen und Langzeitfolgen nach sich gezogen hatten. Von dem Versuch, dem Druck der Gesellschaft nachzukommen, in eine Rolle zu schlüpfen, die nicht der Identität entsprach.

»Ich bin Chris, einfach nur Chris und kein Schauspieler. Ich will keine Rolle spielen, sondern ein normales Leben führen.«
In Berlin war das im Ansatz zu realisieren. Irgendwann hatte Chris Arbeit in einem Hospiz gefunden. »Wenn der Tod naht, spielt es für die Betroffenen keine Rolle mehr. Der Tod kennt kein Geschlecht.« Vielleicht hatte diese alltägliche Todesnähe Einfluss auf die weiteren Ereignisse. Chris fand seinen Frieden, indem er irgendwann seinem Leben selbst ein Ende setzte.

»Von Chris habe ich viel gelernt. Es gibt nicht nur Schwarz und Weiß. Die Welt ist ein riesiges Farbenmeer, so wie der Garten, in dem wir heute Gast sein durften. Chris ist nicht in einen falschen Körper geboren worden. Es gibt nicht nur Frauen und Männer, sondern auch Intersexuelle. Das ist eines der wenigen Tabuthemen unserer Gesellschaft und vielleicht schaffen wir es auch endlich, das umzusetzen, was der Deutsche Ethikrat im letzten Jahr gefordert hat:
Intersexuelle Menschen müssen als ein Teil gesellschaftlicher Vielfalt den Respekt und die Unterstützung der Gesellschaft erwarten dürfen. Zugleich müssen sie vor medizinischen Fehlentwicklungen und Diskriminierungen geschützt werden.

Was Friedemann Müller letztendlich bewogen hatte in Frauenkleidern zu sterben, sollten wir als seinen Letzten Willen akzeptieren.«

Eine grau getigerte Katze lief auf ihren Samtpfoten am Bürgersteig entlang in Richtung des angrenzenden Feldes, um sich vermutlich dort eine Mittagsmahlzeit zu fangen. Dietmar wandte sich Bea zu.
«Ich danke dir für dein Vertrauen und muss dir sagen, dass ich von dir gerade eine Lektion in Sachen Toleranz erhalten habe. Dafür danke ich dir auch. Warten wir auf die Ergebnisse der Techniker und Gerichtsmedizin.«

Er legte sich den Sicherheitsgurt um und startete gerade den Wagen, als das Handy klingelte. Peter Radke hatte interessante Neuigkeiten.

Durch den Einwegspiegel beobachteten die Beamten stumm Helene Müller. Die saß, immer noch mit angelegten Handschellen, im hell erleuchteten Vernehmungsraum. Den Venezianischen Spiegel schien sie nicht zur Kenntnis zu nehmen, ebenso nicht die Beamtin, die auf einem Stuhl neben der Tür saß. Helene Müller kochte vor Wut, was ihr deutlich anzusehen war. Ihr Kopf war hoch gerötet und, als würde es einen Erfolg bescheren, zerrte sie an den Handfesseln.

»Es fehlt tatsächlich nur noch der Schaum vor dem Mund!« Mehr zu sich selbst murmelte Dietmar Höing die Worte. Bea Kormann schwieg.

»Ich werde mal mein Glück versuchen, vielleicht ist sie ja jetzt gesprächsbereit. Du bleibst bitte hier.« Im Hinausgehen nahm Dietmar eine Mappe vom Tisch auf und verließ den spärlich beleuchteten Raum.

Bea konnte sehen, wie er kurz darauf das Vernehmungszimmer betrat. Sie setzte sich auf einen Stuhl an den kleinen Tisch, der vor der Glasscheibe seinen Platz hatte. Stift und Papier lagen vor ihr. Sie wollte sich Notizen machen.

Direkt am Rahmen der Glasscheibe befand sich ein kleines Gerät, das die Tonübertragung steuerte. Bea drückte den Schaltknopf.

»Guten Abend Frau Müller. Ich bin Dietmar Höing, Leiter der Mordkommission.«
Als wollte er die Dramatik der Situation noch unterstreichen, warf er den Heftordner vor sich auf den Tisch. Helene Müller war allerdings wenig beeindruckt von dieser Aktion. Ohne den Tagesgruß zu erwidern, sprang sie von ihrem Stuhl auf und fuhr den Beamten umgehend an:
»Das ist der Gipfel der Unverschämtheit! Wie konnten Sie es wagen, in mein Haus einzudringen! Gestapomethoden sind das! Machen Sie mir sofort diese Handschellen ab!«

Ihre Stimme überschlug sich und erfüllte den Raum, hätte einen Konzertsaal erbeben lassen können. Dietmar konnte sich einen ungefähren Eindruck davon machen, was Friedemann Müller in der letzten Zeit auch akustisch erleiden musste. Er musterte sein Gegenüber. Helene dürfte ihrem verstorbenen Gatten auch von ihrer Statur her um einiges überlegen gewesen sein. Aber nicht nur das war es, was Dietmar auffiel. Helene Müller schien den Raum zu füllen. Sie schwitzte stark und roch unangenehm.

»Die Kollegen haben Ihnen einen Durchsuchungsbeschluss übergeben, als Sie nach Hause kamen. Ihr Wagen ist beschlagnahmt worden und befindet sich in der KTU.«

»Machen Sie sofort diese Handschellen ab!«
Bea schrieb im Nebenraum einen Satz auf das Papier: ›Sie hört nicht zu!‹

Dieser Gedanke kam auch Dietmar Höing. Er hatte bewusst ›Mordkommission‹ und die Abkürzung für Kriminaltechnische Untersuchung bei seinen Worten gewählt.
Normalerweise hätte Helene stocken, sich das erklären lassen müssen. Aber nichts dergleichen geschah.

Mit stoischer Ruhe hantierte Dietmar an einem Aufnahmegerät herum. Er sprach in das Mikro das Datum, die Uhrzeit, seinen Namen, den von Helene und sah sie danach mit ruhigem, aber sehr ernsten Gesichtsausdruck an.

»Frau Müller können wir jetzt weitermachen?«
Er wartete kein Signal von ihr ab, sondern sprach bewusst leise weiter, um sie zur Aufmerksamkeit zu bewegen.
»Die Handschellen tragen Sie zu unserer Sicherheit.«

Er blickte zu der uniformierten Kollegin, die seine Aussage mit einem kurzen Nicken des Kopfes bestätigte. Dann legte er die Unterarme auf dem Tisch ab, beugte sich leicht nach vorn, um Helene mit seinem Blick zu fixieren.
»Sie haben zwei Polizeibeamte tätlich angegriffen Frau Müller! Beide sind verletzt und mussten sich ärztlich behandeln lassen. Sie werden mit einem Strafbefehl rechnen müssen wegen Widerstand gegen Vollstreckungsbeamte. Zivilrechtlich dürften Schmerzensgeldforderungen anstehen. Möchten Sie sich dazu äußern?«

Helene kniff die Lippen zusammen und starrte an Dietmar vorbei die Wand an.
»Ich stelle fest, dass Sie sich zu diesem Tatvorwurf nicht äußern möchten, ist das richtig Frau Müller?«
Helene schwieg.

»Frau Müller kommen wir zu der Nacht von gestern auf heute, konkret der Zeitraum zwischen null und zwei Uhr. Wo waren Sie da?«

»Wo soll ich schon gewesen sein? Im Bett natürlich und ich habe geschlafen, musste ja früh raus, weil ich weg wollte! Was soll das alles überhaupt?«

»Haben Sie Zeugen dafür? Kann das jemand bestätigen?«

»Nein, das kann niemand bestätigen!« Helenes Stimme nahm wieder diesen lauten und schrillen Ton an, der Dietmar in den Ohren schmerzte. Etwas gedämpfter führte sie anschließend aus: »Mein Mann und ich schlafen in getrennten Zimmern.«

Sie schob trotzig das Kinn vor, streckte ihren Oberkörper, um Dietmar nun von oben herab ihre Konsequenz daraus mitzuteilen: »Ich werde diese Ehe annullieren lassen!«

»Frau Müller! Ihr Ehemann ist heute Morgen tot aufgefunden worden. Sie stehen unter dringendem Tatverdacht. Das bedeutet, dass nach den bisherigen Ermittlungsergebnissen ein hoher Wahrscheinlichkeitsgrad dafür besteht, dass Sie als Täterin infrage kommen. Ich spreche von Mord Frau Müller! Der Gesetzgeber schreibt vor, dass ich Sie jetzt ordnungsgemäß belehren muss. Ich weise Sie darauf hin, dass es Ihnen nach dem Gesetz freisteht, sich zu der Beschuldigung zu äußern oder nicht zur Sache auszusagen und jederzeit, einen von Ihnen zu wählenden Verteidiger zu befragen. Weiterhin können Sie zu Ihrer Entlastung einzelne Beweiserhebungen beantragen. Haben Sie das verstanden? Möchten Sie einen Anwalt hinzuziehen?«

Helene sackte in sich zusammen. Das Kinn folgte dieser Bewegung und verband sich mit ihrem Doppelkinn. Sie befand sich wieder in Augenhöhe mit Dietmar, die dieser sogleich aufhob und seinerseits den Oberkörper straffte. Seine Hände legte er auf dem Heftordner ab.

»Nein, ich will keinen Anwalt. Er ist tot, sagen Sie? Damit habe ich nichts zu tun. Ich halte mich streng an die Zehn Gebote!«

»Darüber hinaus wird es dann schwierig?«

Helene war verblüfft über diese Frage. Tatsächlich stotterte sie: »Was meinen Sie damit?«

»Ich zitiere 3. Buch Mose Kapitel 19 Vers 18: ›Du sollst dich nicht rächen noch Zorn bewahren gegen die Kinder deines Volks. Du sollst deinen Nächsten lieben wie dich selbst.‹ Zitatende!«
Während er sprach, öffnete Dietmar die Heftmappe und zog Fotos heraus, die er nach und nach vor Helene auf den Tisch legte. »Frau Müller. Sieht so Ihr Verständnis für Nächstenliebe aus?«

Beim Anblick der Bilder öffnete Helene entsetzt ihren Mund. Wie ein Fisch, der sein Element verlassen musste, bewegte sie ihre Lippen. Es schien, als würde das Blut ihren Kopf verlassen, sie wurde für einen Moment kreidebleich. Dann kehrte das Leben wieder in ihre Gesichtszüge zurück und das mit ganzer Kraft, die Helene umgehend dazu nutzte, ihre zu Fäusten geballten Hände auf die Tischplatte zu schlagen. Die Handschellen schepperten.

»Das muss wehgetan haben!«, murmelte Bea im Nebenraum. Aber als wenn es für Helene kein Schmerzempfinden geben würde, schrie sie unbeirrt Dietmar an: »Wie kommen Sie zu diesen Bildern? Das dürfen Sie nicht!«

Bea betrachtete ihren Zettel. Sie hatte, ohne es zu merken, ihren ersten Eintrag mit Strichen überkritzelt. Wie ein Gitter standen die Zeichen über den Worten. Sie nahm das Papier und zerriss es in schmale Streifen, während sie dem weiteren Geschehen im Verhörzimmer folgte.

Dietmar hatte sich entspannt zurückgelehnt.
»Die Bilder kamen per Mail aus dem Gerichtsmedizinischen Institut. Wir sind die Polizei, ermitteln in einer Mordsache. Sie sind unsere Hauptverdächtige und wir dürfen das!«

Die Handschellen schleiften über den Tisch, als Helene die Bilder ihres toten Mannes vom Tisch fegte. Sie wirkte teilnahmslos, als sie wieder an Dietmar vorbei die Wand anstarrte, die Lippen zu schmalen Strichen zusammengekniffen.

»Ich sage Ihnen jetzt, was wir gegen Sie ins Feld führen können Frau Müller. Der Körper Ihres verstorbenen Mannes weist sehr viele Hämatome auf. Diese sind unterschiedlichen Datums. Nach Einschätzung der Gerichtsmedizin, sind frische Abdrücke eindeutig mit diesem Haushaltsgerät herbeigeführt worden. Sie dürften wenige Stunden vor dem Tod beigebracht worden sein.«

Dietmar Höing zog ein weiteres Foto aus seiner Mappe und reichte es über den Tisch.

Helene Müller warf einen kurzen Seitenblick auf die Aufnahme und starrte dann wieder die Wand an.

»Das ist ein sogenannter Pfannenheber. Die Abdrücke, die dieses Teil hervorrufen kann, passen genau auf die blauen Flecken. Diesen Pfannenheber haben wir in Ihrer Küche sichergestellt. Auf ihm sind nur Ihre Fingerabdrücke gefunden worden. Hier habe ich ein Foto von Ihrem Mann. So ist er heute Morgen gefunden worden. Auf dem Bild zu erkennen sind eine Plastikschüssel und auch ein Löffel. Auf beiden Teilen wurden nur Ihre Fingerandrücke entdeckt und bevor Sie jetzt etwas entgegnen: Es befinden sich keine verwischten Fingerabdrücke darauf.«

Aber Helene erwiderte nichts. Sie wollte dem Bild nur einen Seitenblick schenken, hing aber, wie paralysiert, an der Ablichtung ihres Gatten fest.

Unbeeindruckt sprach Dietmar Höing weiter.
»Die Spurensicherung hat im Kofferraum Ihres Fahrzeugs Blauregenblüten sichergestellt. Es wird jetzt verglichen, ob es sich um die handelt, die wir auch bei dem Toten gefunden haben. Ebenso sind Fasern sichergestellt worden, die zu der Perücke passen, die Ihr Mann trug. Dann fehlen Blätter an einer Topfpflanze in Ihrem Wohnzimmer.

Mit den weiteren Beweisstücken ergibt sich für mich folgender Tathergang: Sie befanden sich seit geraumer Zeit im Streit mit Ihrem Gatten. Dafür gibt es genug Zeugen, die das bestätigen. Diese Auseinandersetzungen wurden von Ihnen auch unter Einsatz von Gewaltanwendung geführt. Das kann durch den medizinischen Bericht bestätigt werden.

Am Samstagabend eskalierte die Situation. Sie haben mit dem Pfannenheber erst auf Ihren Mann eingeschlagen.
Dann haben Sie ihn gezwungen, den vergifteten Salat zu essen. Danach habe Sie ihren sterbenden Gatten in den Wagen verfrachtet und ihn nach Weseke verbracht. Was sagen Sie dazu? Möchten Sie sich äußern?«

Helene starrte das Bild an. Sie konnte das Profil von Friedemanns Gesicht sehen. Die blonde Perücke war verrutscht und gab den Blick auf seinen kahlen Kopf frei. Das weiße Kleid mit roten Punkten war im oberen Bereich geöffnet und so konnte Helene die nackte unbehaarte Brust erkennen. Die Schuhe rot wie die Sünde selbst. Tränen liefen über ihre Wange. Sie schluchzte leise: »Diese Schande überlebe ich nicht!«
»Möchten Sie sich äußern, Frau Müller? Soll ich Ihnen einen Anwalt rufen?«

»Nein danke.« Helene wirkte plötzlich handzahm. »Würden Sie mir bitte die Handfesseln abnehmen? Und dann möchte ich bitte nach Hause gehen, ich fühle mich nicht gut.« Nichts an Ihrer Stimme und Gestik erinnerte mehr an die Furie, die sie noch vor wenigen Minuten gewesen war.

»Dann darf ich davon ausgehen, dass Sie sich so weit beruhigt haben, dass wir keine weiteren Handgreiflichkeiten von Ihnen zu erwarten haben?«
Helene nickte stumm.

Die Beamtin trat zu ihr und löste die Handschellen.
»Ich werde einen Arzt rufen lassen, der Ihre Verletzungen behandeln und dokumentieren wird. Das müssen wir so handhaben, nicht, dass Sie später noch behaupten, dass wir Ihnen diese Verletzungen zugefügt haben.«
»Das würde ich niemals tun!« Spontan, aber unter Tränen, protestierte Helene leise und für einen Moment konnte Dietmar so etwas wie Scham in ihrem Gesicht erkennen.

Dietmar stand auf und sammelte die Fotos vom Boden auf, während er weitersprach.
»Sie werden sich gedulden müssen, bis das Protokoll geschrieben ist. Das müssen Sie dann prüfen und unterschreiben. Gehen lassen können wir Sie nicht!
Sie werden Morgen dem Haftrichter vorgestellt, der zu entscheiden hat, ob Sie in Untersuchungshaft kommen. Ende der Vernehmung.«

Die Fotos sortierte er in die Mappe, stellte das Aufnahmegerät ab und entnahm die Kassette, die er auch in der Mappe verstaute. Das Bild von Friedemann ließ er liegen, als wollte er Helene ein groteskes Abschiedsgeschenk machen.

»Auf Wiedersehen Frau Müller.«

Mit dem Heftordner in der Hand verließ Dietmar Höing den Vernehmungsraum und ließ eine fassungslose Helene zurück.

Leise legte Dietmar Höing den Heftordner vor Bea auf den Tisch und blieb neben seiner Kollegin stehen. Beide betrachteten Helene Müller durch den Einwegspiegel.

»Sie hat völlig die Contenance verloren.« Bea schüttelte leicht ihren Kopf, um ihre Verwunderung zu unterstreichen. »Ist dir aufgefallen, dass sie trotzig reagierte, als du sie auf die Verletzungen der Kollegen angesprochen hast? Die tätlichen Angriffe auf ihren Mann stellten für sie auch keine Rechtsverletzung dar. Es war ihr nur peinlich, dass du ihr das vorgehalten hast, mehr nicht. Dass ihre Körperverletzungen an Friedemann dokumentiert worden sind, empfand sie als Eingriff in ihre Persönlichkeitsrechte. Keine Spur von Trauer über den Tod ihres Mannes konnte ich erkennen.«

Das Tatortfoto lag vor Helene Müller, ihr Gesicht verbarg sie mit den Händen, wie ein Kind, das meint, dann nicht gesehen zu werden. Durch die Lautsprecher, die noch immer angeschaltet waren, konnten die Beamten Helene wimmern hören.

»Diese Schande wird sie nicht überleben, hast du das mitbekommen Bea? Was stellt eine Schande für sie da? Friedemanns Tod kann es nicht sein. Aber die Art, wie wir ihn vorgefunden haben, sehr wohl. Das erscheint mir auch nicht gespielt zu sein.
Sie schämt sich in Grund und Boden, dass wir ihren Gatten in Frauenkleidern vorgefunden haben. Was könnte das für uns bedeuten? Was meinst du?«

Die Stimmelage der Kriminalbeamtin hatte einen leicht zynischen Unterton, als sie ihre Antwort gab: »Vielleicht tut es ihr leid, dass sie ihm diese Verkleidung angelegt hatte, bevor sie ihn in dem Garten zur Schau stellte. Gier frisst Hirn, unbändige Wut auch!«

Dietmar nahm den Heftordner an sich.
»Ich schreib den Bericht und dann sollten wir Feierabend machen. Soll der Staatsanwalt sehen, was er aus dieser Geschichte macht.«

Die verletzten Polizeibeamten waren krankgeschrieben worden. Ein Bericht mit Fotos, die die Prellungen und das blaue Auge bei einem der Beamten dokumentierten, war bereits fertiggestellt und konnte zu der Akte genommen werden.

»Es hat sich eine Frau gemeldet, sie meint, dass sie Fragen hat. Sie wartet im Gang auf euch.« Ein junger Kollege teilte den beiden die Information mit, als diese sich gerade an einen freien Schreibplatz setzen wollten.

»Fragen? Das kann nur die Presse sein. Sag der Dame bitte, dass eine Presseerklärung vermutlich erst morgen möglich ist. Das macht eh der Staatsanwalt zusammen mit der Pressestelle. Ich muss das Vernehmungsprotokoll erstellen und habe keine Zeit.« Dietmar setzte sich.

»Sie ist nicht von der Presse!«, entgegnete der junge Beamte. »Sie sagte, dass sie eine Freundin des verstorbenen Herrn Müller sei.«

Diese Information erstaunte die Ermittler dann doch, machte sie neugierig und führte dazu, dass Dietmar Höing und Bea Kormann an diesem Sonntag noch Überstunden machten.

Friedemann Müller war tatsächlich seit vielen Jahren mit Andrea Wienand befreundet. Sie kannten sich aus der Zeit, als sie gemeinsam bei der Finanzverwaltung für den mittleren Dienst die Schulbank drückten. Friedemann war ein sehr stiller Mitschüler, aber äußerst zuverlässig, korrekt fast schon pedantisch. So hatte Andrea ihn kennen und schätzen gelernt. Damals war sie die Einzige, mit der er Kontakt pflegte und diesen auch später hielt. Irgendwann gab Andrea ihre berufliche Laufbahn auf, um zu heiraten und Kinder zu bekommen. Als die Zeit es erlaubte, weil die Kinder aus dem Gröbsten heraus waren, stieg sie in den Betrieb ihres Mannes ein. Dort führte sie das Büro und macht das bis heute noch.

Friedemann war Gast, als Andrea ihren Mann geheiratet hatte. Zur Taufe und später zur Kommunion der Kinder wurde er auch eingeladen. Überhaupt gehörte Friedemann irgendwie zur Familie, in all den Jahren. Denn er hatte keine mehr. Über seinen Vater sprach er nicht, angeblich war der verstorben, als Friedemann noch ein kleines Kind war. Er lebte bei seiner Mutter, bis diese starb.

›Ich habe noch nicht die Richtige getroffen!‹, pflegte er zu sagen, wenn er auf sein Singledasein angesprochen wurde. Nach dem Tod der Mutter verkaufte er das Häuschen, in dem er seine Kindheit und Jugend verbracht hatte, und leistete sich eine kleine Eigentumswohnung mit großer Dachterrasse am Rand von Bocholt. Andrea hatte ihn dort einmal besucht.

»Friedemann lebte einfach und auch seine Einrichtung war auf das Nötigste beschränkt. Aber er hegte und pflegte die Blumen und Pflanzen in den Kübeln. Die Dachterrasse hatte er sich wirklich sehr schön hergerichtet.« Andrea stockte, sah aus dem Fenster. Dann musste sie weinen.

Bea stand auf und holte Getränke und Gläser. Andrea trank, putzte sich die Tränen ab und sah die Kommissarin an.
»Gestern Abend habe ich Friedemann noch gesehen, in Weseke am Heimathaus.«

Dietmar beugte sich vor. »Moment, das möchte ich jetzt genauer wissen Frau Wienand. Wann und wo haben Sie Friedemann Müller gestern angetroffen?«

Nachdem sie sich die Nase geputzt hatte, gab Andrea Auskunft: »Gestern war ich mit einer Freundin unterwegs. Wir waren in Winterswijk shoppen. Gegen 18.00 Uhr habe ich meine Freundin vor ihrem Haus in Weseke abgesetzt und wollte eigentlich gleich nach Hause fahren. Mir taten die Füße weh und so habe ich mir überlegt, zum Quellgrund zu fahren. Dort gibt es ein Wassertretbecken. Als ich von dort zurück Richtung Parkplatz ging, das muss gegen halb sieben gewesen sein, sah ich Friedemann. Er kam von rechts und ging zügig ebenfalls zum Parkplatz. Dort stieg er in den Wagen seiner Frau und fuhr los.«

Als wollte sie sich entschuldigen, fügte sie mit leiserer Stimme an: »Wissen Sie, ich war wirklich müde, wollte nach Hause und nicht mehr reden. Außerdem mochte ich nicht die Stille mit meinem Geschrei zerreißen. Aber ich habe mir fest vorgenommen, heute bei Friedemann anzurufen, was ich auch den ganzen Tag versucht habe, aber er ist nicht ans Telefon gegangen. Helene war ja heute unterwegs. Irgendwie war ich unruhig und so bin ich dann zu ihm gefahren. Als ich klingeln wollte, sah ich, dass die Polizei die Tür versiegelt hatte. Da wusste ich, dass etwas passiert sein musste. Ihre Kollegen sagten mir dann vorhin, dass Friedemann tot sei.«

Wieder flossen Tränen.

Leise sprach Dietmar die Weinende an: »Frau Wienand ich weiß, dass sie dieser Todesfall stark berührt. Trotzdem habe ich noch Fragen an Sie. Fühlen Sie sich stark genug, diese zu beantworten oder sollen wir abrechen? Wir können gerne einen Termin in den nächsten Tagen vereinbaren, wenn Sie jetzt nicht mehr können.«

Andrea seufzte tief. »Jetzt bin ich schon einmal hier. Wir klären das heute. Was möchten Sie denn noch wissen?«

Fürsorglich betrachtete Bea die Frau, als Dietmar fragte: »Frau Wienand. Sie sagten gerade, Herr Müller kam von rechts. Wissen Sie, was sich dort befindet?«
»Nun, ich habe für einen Moment gedacht, er war Enten füttern, denn er kam aus der Richtung des Dorfteiches. Er kann aber auch im Apothekergarten gewesen sein, ich weiß es nicht. Er kam aber aus dieser Richtung.«

Die Beamten wechselten einen Blick.

»Können Sie sich erinnern, welche Kleidungsstücke Herr Müller anhatte?«

Andrea Wienand überlegte. »Er war normal gekleidet. Trug eine helle Sommerjacke.«
»Hatte er eine Tasche dabei?«

Wieder überlegte Andrea, bevor sie antwortete: »Ja! Genau! Er hatte eine Plastiktüte bei sich, eine mit Werbeaufdruck. Helene Müller arbeitet in einem Supermarkt. Sie schleppt diese Tüten mit ihren Einkäufen nach Hause. Friedemann hatte mir irgendwann erzählt, dass ihn das nerven würde. Er benutzt nur diese Leinentaschen, der Umwelt zuliebe, wie er betonte. Jetzt, wo Sie danach fragen, finde ich es merkwürdig, dass er mit einer solchen Tüte unterwegs war. Aber vielleicht war er Enten füttern. In der Tüte war jedenfalls noch etwas. Was kann ich nicht sagen, aber sie war nicht leer, soweit ich mich entsinne.«

Die Ermittler tauschen wieder einen Blick aus. Dietmar schlug den Heftordner auf, suchte in den Unterlagen, beförderte ein Foto heraus und reichte es über den Tisch. Andrea nahm das Bild und betrachtete es genau.

»War das so eine Tüte?«
Eher beiläufig und wie in Gedanken versunken, nickte Andrea die Frage ab. Das Bild zog ihre ganze Aufmerksamkeit auf sich. Dann sah sie Dietmar in die Augen und fragte leise: »Ist das Friedemanns Hand an der Tüte? Hat er die in der Hand gehalten, als Sie ihn gefunden haben? Das ist doch ein Polizeifoto?«

Der Ermittler nickte.

Am oberen Rand des Bildes war ein Streifen Stoff zu sehen. Den betrachtete Andrea sehr genau. Ihr Blick wanderte zu den Augenpaaren der Beamten, hatte plötzlich etwas Achtsames an sich. Vorsichtig stellte sie ihre Frage: »Das sieht mir nach einem weißen Stoff mit roten Punkten aus. Gehört der zu einem Kleidungsstück, das Friedemann anhatte, als sie ihn gefunden haben?«

Hörbar atmete Dietmar aus, sah Bea an und wandte sich dann wieder Andrea zu: »Frau Wienand. Wir versuchen, Fremdverschulden als Todesursache klar auszuschließen. Im Moment können wir nicht mit Bestimmtheit sagen, ob wir das abschließend können. Friedemann Müller hat über seinen Tod hinaus ein Recht auf Schutz seiner Persönlichkeit. Wir nehmen es sehr genau damit und können, dürfen und wollen Ihnen keine weiteren Informationen geben.«

Dicke Tränen flossen und doch lächelte Andrea. Ihre Gesichtszüge trugen Wehmut.

Langsam beugte sich Bea vor, fixierte die gestandene Frau mit ihrem Blick, bevor sie mit lauerndem Tonfall fragte: »Kennen Sie dieses Kleidungsstück?«

Es schien, als sei Andrea aus einem Dämmerschlaf erwacht. Sie wechselte ihre Körperhaltung, lehnte sich zurück und hielt Beas Blick stand. »War gerade von Schutz der Persönlichkeit die Rede? Habe ich das richtig verstanden? Beinhaltet das auch die Würde des Menschen?«

Die Ermittler zeigten sich verblüfft über diese plötzliche Wandlung, die in Andrea vorgegangen schien. Doch diese legte noch nach. Die Beamten sahen sich schlagartig einer sehr resoluten Frau gegenüber.
»Es gibt keinen Sinn, wenn wir um den heißen Brei herumreden! Das bringt uns nicht weiter! Trug Friedemann ein weißes Kleid mit roten Punkten und vielleicht sogar rote, hochhackige Schuhe, als Sie ihn gefunden haben?«

Die Reaktion ihres Gegenübers sprach eine deutliche Sprache. Darum übernahm Andrea die Gesprächsführung.

»Vermutlich werden Sie daraus den Schluss gezogen haben, dass Sie einen Transvestiten gefunden haben, der nächtens in High Heels durch Borken stöckelte und, von irgendwem, dafür was über den Schädel gezogen bekommen hat. Ich darf Ihnen sagen, dass Sie mit dieser Einschätzung völlig falsch liegen! Wenn ich Ihnen einen guten Rat geben darf: Reduzieren Sie Friedemanns Tod nicht auf sexuelle Hintergründe! Damit werden Sie der Dramatik der Situation nicht gerecht! ›Es gibt mehr Dinge zwischen Himmel und Erde, als Eure Schulweisheit sich erträumen lässt‹, wie schon Shakespeare seinen Hamlet sagen ließ.«

»Ich weiß!«, spontan antwortete Bea, fixierte nach wie vor ihr Gegenüber. »Sein Tod scheint die Folge einer Vergiftung zu sein! Frau Wienand die Eheleute Müller lagen seit 14 Tagen in einem heftigen Streit. Nachbarn sagen aus, dass der Auslöser in einer Festlichkeit liegen musste. In der Straße wohnt ein schwules Paar, das heiraten will. Als die beiden Männer Helene Müller darauf ansprachen, wurde die Einladung von ihr sehr wütend zurückgewiesen. Zeitnah muss Herr Müller von einem Wochenendausflug zurückgekommen sein. Danach ging der Stress los. Wissen Sie etwas darüber?«

Diese Mitteilung erstaunte Andrea. Sie wusste nichts von dieser Begebenheit, betonte aber, dass Friedemann ihr das sicher erzählt hätte. Sie musste daher davon ausgehen, dass Helene ihrem Mann von diesem kommenden Ereignis nichts berichtet hatte. Dass die Eheleute im Streit lagen, war ihr bekannt.

Die Frauen sahen sich schweigend an. Es schien, als müsse eine der beiden den ersten Schritt gehen. Dietmar räusperte sich. »Frau Wienand. Ich würde mich jetzt gerne zurückziehen. Meine Kollegin wird alleine mit Ihnen das Gespräch weiterführen.«
Er reichte Andrea die Hand.

»Habe ich zu deutliche Worte gewählt? Ich wollte nicht persönlich werden. Wenn ich Sie verletzt haben sollte …«
Dietmar winkte ab: »Nein alles ist gut! Ich muss noch Papierkram erledigen.«
Mit dem Ordner in der Hand verließ er den Raum.

»Frau Wienand vermute ich richtig, dass Sie die Hintergründe dieses Streits kennen? Hat sich Friedemann Müller seiner Frau gegenüber geoutet? Kam Frau Müller damit nicht klar?«

Andrea sah aus dem Fenster und suchte nach den richtigen Worten.
»Geoutet? In dem er unverhofft in einer solchen Aufmachung vor Helene stand und ihr mitteilte, dass er von nun an nur so rumläuft? Weil es ihm einen Kick bescheren, und es ihn erregen würde, im Tutu durch den Garten zu hüpfen? Nein, so wird er sich auf keinen Fall geoutet haben. Friedemann war weder grotesk, noch war er peinlich!«

Die Ermittlerin sah zur Tür und überlegte ihrerseits, wie sie das Gespräch auf eine vertrauensvolle Basis bringen könnte. Sie entschloss sich dazu, dass der gerade Weg der richtige sei.

»In meiner engen Verwandtschaft gab es einen Intersexuellen. Oder will ich das gebräuchliche Wort verwenden, Chris war ein Zwitter. Ein Teil von ihm war weiblich, einer männlich. Und sehen Sie meine Schwierigkeit dabei? Ich frage mich, ob ich jetzt eine Tante oder einen Onkel hatte, soll ich ›ihn‹ oder ›sie‹ sagen? Mein Kollege und ich können den Bericht der Gerichtsmedizin abwarten. Glauben Sie mir: ich weiß um die besondere Problematik.«

Während Andrea den Worten aufmerksam lauschte, veränderten sich ihre Gesichtszüge. Auch ihre Körperhaltung nahm einen entspannteren Ausdruck an.
»Warum haben Sie das nicht gleich gesagt! Wissen Sie, Friedemann war doch selbst auf dem Weg, sich irgendwo zu finden. Und wenn er selbst noch keine Klarheit für sich gefunden hatte, wie soll ich denn darüber Auskunft geben?«

Als hätten Beas Worte einen Damm gebrochen, sprudelte es aus Andrea heraus. Mehr aus Zufall, weil eine Bekannte plötzlich verhindert und Andrea für sie eingesprungen war, hatte sie sich ein langes Wochenende mit zwei weiteren Kegelschwestern gegönnt. Die kleine Gruppe fuhr nach Amsterdam. Es standen Museumsbesuche, Grachtenfahrten und abends Tanzlokalbesuche an. Gleich am Freitagabend begegnete sie Friedemann, den Andrea zuerst nicht wirklich erkannte.

»Ich sah ihn auf der Tanzfläche abzappeln. Mein erster Gedanke war: Das könnte eine Schwester von Friedemann sein. Dann ging er zum Tresen und ich habe ihn einfach angesprochen. Er war völlig entgeistert als er mich sah und es war ihm furchtbar peinlich. Wie soll ich das jetzt richtig erklären? Er trug ein ganz leichtes Make-up, eine dezente Perücke und eine Art Hosenanzug. Weder erschien er richtig weiblich, noch männlich. Aber als er tanzte, strahlte er eine Zufriedenheit aus, eine Freude, die ich in all den Jahren nie an ihm gesehen habe. Ich habe mich geschämt dafür, dass ich ihm den Abend verdorben hatte und das habe ich ihm auch sofort gesagt.«

Sie haben sich die Nacht um die Ohren geschlagen, haben getanzt und geredet.
Auch über Helene. Friedemann war längst klar, dass sie einander geheiratet hatten, weil beide die Einsamkeit nicht mehr ertragen konnten, weil der eigentliche Grund war, nicht einsam alt zu werden. Sie kannten sich ja nur kurze Zeit, bevor sie den Bund fürs verbleibende Leben schlossen und in dieser Zeit war sich Friedemann auf irgendeine Art sicher, dass er die richtige Entscheidung treffen würde. Helene hatte sich von ihrer verständnisvollen Seite gezeigt, betonte immer wieder, dass die sexuelle Vereinigung nicht wichtig sei, dass eine gute Beziehung auf gegenseitigem Verständnis beruhen sollte. In dieser kurzen Zeit war Helene nett zu Friedemann.

»Ich habe ihm auf den Kopf zugesagt, dass er seine Mutter geheiratet hatte. Der bin ich in früherer Zeit einmal begegnet, meine Güte, das war ein Dragoner. Das war die Art Frau, bei der jeder instinktiv erst einmal den Kopf einzieht, wenn sie einen Raum betritt. Dass Friedemann eine Frau kennengelernt und dann geheiratet hat, habe ich erst erfahren, als er nach Gemen gezogen ist. Er druckste damals nur herum und meinte, dass Helene es so gewollt habe. Irgendwann liefen mir die Beiden in Bocholt über den Weg und mein erster Gedanke war, dass Friedemann seine Mutter vermisst haben musste. Das ist ihm übrigens auch relativ schnell klar geworden, aber da war es schon zu spät, denn Helene hatte ihn fest in ihren Krallen.«

Im Grunde genommen unterschied sich die Beziehung des Paares nicht von anderen Ehen, bei denen die Partner sich aus ziel- und zweckgerichteten Gründen finden. Wenn jeder meint, dass er den anderen schon nach seinen Wünschen verbiegen könnte. »Dann frisst der Verstand die Seele auf!«
Und es gab noch ein Kommunikationsproblem: »Helene hört nicht zu!«

Bea musste grinsen und erinnerte sich sofort an genau diesen Satz, den sie auf das Stück Papier kritzelte, als sie die Vernehmung beobachtet hatte.

»Friedemann hatte ihr vor der Eheschließung mitgeteilt, dass er nicht zeugungsfähig sei und dass er Hormone nehmen müsse. Helene reagierte darauf mit geheucheltem Verständnis und meinte, dass das kein Problem für sie darstellen würde. Dann kam die Hochzeitsnacht und Helene wollte es endlich wissen. Was soll ich dazu sagen? Dumm gelaufen, weil nicht richtig zugehört? Friedemann erzählte mir an dem besagten Abend in Amsterdam, dass er von seiner Mutter mit einem Tabu belegt worden war. Die alte Frau Müller hatte ihn schon in seiner Kindheit ständig zu Ärzten geschleift. Schnibbeln gestattete sie nicht, aber die Hormone musste der Arme schlucken und durfte mit niemandem über dieses ›Problemchen‹, wie sie es ausdrückte, sprechen. Auch nicht mit ihr. Es wurde totgeschwiegen.«

Über die verpasste Hochzeitsnacht und die weiteren einsamen Nächte tröstete Friedemann Helene mit Geschenken. Er kaufte ihr einen Wagen, zahlte Steuern und Versicherung.

War dankbar, wenn sie ihm den Wagen einmal im Monat für seine Wochenendausflüge zur Verfügung stellte. Die hatte er sich vor gut zwei Jahren zur Gewohnheit gemacht.

Zeitnah setzte er die Hormone ab. Der Grund lag darin, dass er den Urologen gewechselt hatte. Ein junger und fortschrittlicher Arzt. Mit ihm konnte er offen sprechen. Damit begann Friedemanns Zeit der Selbstfindung. In Amsterdam, weil dort niemand Fragen stellte, weil er sich dort für die Dauer eines Wochenendes frei bewegen, ausprobieren, sich seiner Selbst und seinen Bedürfnissen annähern durfte und konnte.

»Aber egal, wie er sich finden wollte, für Friedemann war völlig klar, dass er nicht an sich herumschneiden lassen wollte. Er sagte zu mir: ›Ich bin von Gott zu geschaffen worden, er wird seinen Grund dafür gehabt haben. Mir steht es nicht zu, in diese Schöpfung einzugreifen. Es hat alles einen tiefen Sinn!‹ Ich habe ihm gesagt, dass er offen mit Helene sprechen sollte. Es würde Ärger geben, aber sie würde sich wieder beruhigen und dann sollte an einer gemeinsamen Lösung gearbeitet werden.«

Es dämmerte bereits, als sie den Weg zu Andreas Hotel suchten. Unterwegs blieben sie an einem Schaufenster stehen. In der Auslage war eben dieses Kleid, dazu die roten Schuhe und die Schaufensterpuppe trug eine blonde Langhaarperücke. »Das Kleid hatte es ihm angetan. Ich habe ihm gut zugeredet, ihm gesagt, er sei in einer freien Stadt. In ein paar Stunden würden die Geschäfte öffnen. Es würde kein Problem sein, wenn er dann in den Laden geht und das Kleid ausprobiert. Und wenn es ihm gefallen würde, sollte er es einfach kaufen. Friedemann hat gelacht und mich gefragt, wo und wann er das denn anziehen solle.«

Andrea blickte aus dem Fenster und eine dicke Träne bahnte sich ihren Weg.
»Er hat es tatsächlich getan und hat auch eine Gelegenheit gefunden, um es zu tragen.«

Die Frauen schwiegen und sahen sich traurig an.

Aus ihrer Handtasche zog Andrea ein frisches Taschentuch, tupfte sich die Tränen ab und sprach dann leise weiter.

»Wir haben in den letzten 14 Tagen viel telefoniert. Ich habe ihn auf der Dienstelle angerufen oder zu Hause, wenn Helene zur Arbeit war. Friedemann erzählte mir, dass es schwierig sei. Übrigens hatte er auch von dem schwulen Paar in der Straße berichtet, dass er sie für den Mut bewundere, und um die Selbstverständlichkeit, mir der sie ihr Leben gestalten, fast schon beneiden würde. So könnte er sich ein Miteinander vorstellen.

Als ich ihn gestern am Quellgrund gesehen habe, dachte ich im ersten Moment, dass er auf dem richtigen Weg sei. Seine Haltung und auch sein Gang zeigten Entschlossenheit. Als er am Wagen angekommen war, drehte er sich kurz um und ich dachte schon, dass er mich gesehen hat. Selbst aus der Entfernung konnte ich erkennen, dass er in den letzten Tagen sehr gealtert war. Dann nahm ich eine große Müdigkeit und eine furchtbare Trauer bei ihm wahr. Ich wusste, dass er eine Entscheidung getroffen hatte. Aber eine so endgültige Alternative habe ich nicht vermuten können. Ich habe ihm doch immer wieder gesagt, dass wir ihm unser Gästezimmer zur Verfügung stellen können, wenn es unerträglich mit Helene wird. Er hat sich anders entschieden und das tut mir in der Seele weh.«

Die Sonne sandte ihre letzten Strahlen, bevor sie hinter den Gebäuden versinken wollte. Dietmar blinzelte ihnen nach. Zusammen mit seinem Bericht über Helenes Befragung und einer kurzen Zusammenfassung von Bea lag der Heftordner in der Wache zur Vorlage an die Staatsanwaltschaft.

»Die Eule der Minerva beginnt erst mit der einbrechenden Dämmerung ihren Flug. Ich würde mir wünschen, dass der Hauch ihres Flügelschlages mich erreichen würde.«

Bea betrachtete ihren Kollegen aufmerksam. Sie hatte mit einem Kommentar von ihm gerechnet, schließlich stand ihr knappes Protokoll in keinem Verhältnis zu der Zeit, die sie mit Andrea verbracht hatte. Aber dass er Hegel zitieren würde, erstaunte sie schon.

»Was wünscht du dir denn von dem Hauch des Flügelschlages? Wahrheit oder Weisheit? Die Eule ist auch Unglücks- und Todesvogel. Vergiss nicht, dass wir es heute schon einmal mit einer selbsterfüllenden Prophezeiung zu tun hatten.«

Dietmar musste schmunzeln.
»Der Mörder ist auf keinen Fall der Gärtner! Soweit dürften wir mittlerweile sein. Ich kann mich aber tatsächlich mit dem Gedanken anfreunden, dass Mörder und Opfer ein und dieselbe Person sind. Friedemann war ein Perfektionist. Er kann durchaus dafür gesorgt haben, dass wir nur Helenes Fingerabdrücke an einigen Teilen finden. Vielleicht wollte er ein deutliches Zeichen setzen und Helene nicht einfach aus der Verantwortung entlassen. Das dürfte ihm gelungen sein. Schließlich hat sie ihn nicht nur körperlich gedemütigt, in dem sie ihm Gewalt antat. Ihre Worte werden vernichtend gewesen sein. ›Bis dass der Tod uns scheidet‹. Ich vermute, dass du in Helene eine Mörderin siehst.«

Einen Moment ließ sich Bea Zeit für ihre Antwort: »Wenn, dann wird das ein Indizienprozess, sofern nicht durch weitere Zeugen oder Ergebnisse Klarheit in die Sache gebracht wird. Du hast selbst gesagt, dass es nicht gut aussieht für sie. Die Beweislast ist erdrückend.

Ich denke, für eine Zeit U-Haft dürfte das durchaus reichen, aber das soll nicht unsere Sorge sein. Vielleicht wird ihr die Zeit der Besinnung ganz gut tun. Sie wird ans Nachdenken kommen. Zumindest Körperverletzung in drei Fällen sind einwandfrei nachweisbar. Ganz ehrlich gesagt Dietmar, ich werde mich nicht zum Richter in der Sache erheben, das steht mir dienstrangmäßig auch nicht zu.«

»Das steht uns beiden dienstrangmäßig nicht zu!«, lachte Dietmar.

Die Abenddämmerung erreichte die Ermittler. Bea wandte sich ihrem Kollegen zu: »Chris war auch einsam. Für ihn gab es die Möglichkeit einfach Chris zu sein, nur in Berlin. Aber er hatte Heimweh. Er hatte seine Wurzeln selbst gekappt, als er ging, und merkte, dass er in dieser Stadt, in der er sich immer fremd fühlte, keine neuen wachsen lassen konnte.

Für ihn war die Zeit noch nicht reif. Friedemann wird es ähnlich ergangen sein. Vor einigen Jahren war es noch undenkbar, sich als schwul oder lesbisch zu outen. Das bedeutete auch immer ein Leben in der Verlogenheit. Diese Zeiten sind langsam aber sicher vorbei und das ist auch gut so.
Ich denke, dass endlich auch der Boden bereitet ist für Menschen wie Chris und Friedemann. Und dass Menschen wie Helene zu einer aussterbenden Spezies gehören.«

Ein Lächeln huschte über Dietmar Lippen. »Meine Güte Bea. Ich habe mir den Hauch eines Flügelschlages gewünscht. Dir scheint Minervas Eule eine volle Breitseite verpasst zu haben! Und jetzt lass uns endlich Feierabend machen, bevor dich die Weisheit so erreicht, dass du auf die Idee kommst, den Beruf zu wechseln!«

Jetzt lachten beide. »Keine Angst Dietmar, das wird schon nicht passieren, dafür liebe ich ihn viel zu sehr.«

An diesem frühen Freitagnachmittag zeigte sich der Mai wieder von seiner besten Seite. Bea parkte ihren Wagen auf der Freifläche vor dem Mühlenhügel und stieg aus. Sie betrachtete die Leistung des Weseker Mühlenvereins. Eine alte Bockwindmühle hatte dort einen neuen Platz gefunden und könnte durchaus zum Wahrzeichen der Gemeinde werden. Bea lächelte. Ihr kam der Gedanke, dass hier die Welt noch ein Stück weit in Ordnung sei. Das tat ihr gut.

Als sie den Parkplatz verließ, um den Weg Richtung Garten einzuschlagen, kam ihr eine muntere Festgesellschaft lachend entgegen. Thea Wagner stürmte auf Bea zu, im Schlepptau Gabi Brandt.
»Da ist ja die Polizei! Wir kommen gerade vom Fototermin. Frau Kormann stoßen Sie mit uns auf das Hochzeitspaar an!«
Bea winkte lachend ab: »Danke, aber ich muss noch fahren!«
Sie gratulierte dem strahlenden Paar und wünschte ihnen alles Gute.

»Thea hat uns von dem armen Herrn Müller berichtet.«, Lars ergriff das Wort und Daniel stimmte ihm kopfnickend zu: »Wir hegen keinen Groll gegen Frau Müller. Und Herr Müller hat uns immer freundlich gegrüßt.«
»Ich glaube, dass Herr Müller Sie mit freundlichen Gedanken begleitet hat.«

»Das denke ich auch!« Thea mischte sich in das Gespräch ein. »Sind die Beiden nicht ein schönes Paar? Gerade habe ich zu Gabi gesagt: was für ein Verlust für die Frauenwelt!«
Helles Gelächter brach aus.

Die Gruppe zog weiter, Thea Wagner blieb einen Moment bei Bea stehen.
»Es hat sich herumgesprochen, dass Helene zwei Polizeibeamte angegriffen hat. Sie scheint von der Bildfläche verschwunden zu sein. So etwas gehört sich auch nicht! Das tut man nicht. Vielleicht fängt sie endlich an, über sich nachzudenken. Sie hat auf jeden Fall heute eine Party verpasst. Na ja, ich muss jetzt auch weiter. Alles Gute für Sie Frau Kormann.«

Bea genoss ihren Besuch in dem Gartenparadies in vollen Zügen. Bewundernd betrachtete sie den Wintergarten, der liebevoll dekoriert, ihre Aufmerksamkeit auf sich zog. Ein leichter Wind trug den Duft des Blauregens zu ihr hin.
»Frau Kormann? Guten Tag. Sind Sie dienstlich hier? Haben Sie noch Fragen?« Sie hatte Berthold nicht kommen hören, lächelte und erwiderte seinen Gruß.
»Nein Herr Picker, ich bin ganz privat hier. Meinen freien Tag wollte ich zu einem Besuch Ihres Gartens nutzen. Mir in aller Ruhe alles betrachten. Es ist wunderschön hier.«

»Können Sie denn schon etwas über das Ableben des unglücklichen Menschen berichten?«

»Vermutlich wird die Staatsanwaltschaft sich dazu in der nächsten Woche äußern. Aber es dürfte sicher sein, dass in diesem Fall nicht der Gärtner als Mörder infrage kommt.«
Berthold schmunzelte bei dieser Antwort.

»Davon bin ich auch ausgegangen Frau Kormann. Allerdings muss ich sagen, dass mich diese Angelegenheit doch sehr nachdenklich gemacht hat. Weil ich ja kurz vorher diesen Gedanken ausgesprochen habe.«

»Herr Picker dafür gibt es einen Fachbegriff. Sie haben eine ›selbsterfüllende Prophezeiung‹ ausgesprochen.«
»Das werde ich nie wieder machen, das können Sie mir glauben! Die ganze Zeit habe ich gegrübelt, wie ich hätte verhindern können, dass diese Voraussage auch eintritt.«

Bea überlegte kurz, bevor sie antwortete: »Nun, mit einer ›selbstzerstörenden Prophezeiung‹ wäre das vielleicht gelungen. Sie hätten mit einer Krimiautorin darüber sprechen sollen. Die hätte dann vielleicht einen Roman darüber geschrieben, dann wäre das Ereignis eingetreten, aber nur auf dem Papier.«
Beide lachten.

Dann verabschiedete sich Bea von ihrem Gastgeber und strebte dem Ausgang zu. Als sie den Staudenbereich erreichte, entdeckte sie inmitten von blühenden Pflanzen eine Skulptur aus Steinguss. Sie trat näher, um sie genauer zu betrachten.

»Sieh an. Das hätte ich mir beinahe denken können, dass ich hier im Garten Picker die Eule der Minerva entdecke.«

Fein herausgearbeitet saß der Vogel auf einem Stapel Bücher und schien Bea anzusehen. Um den Hals trug die Figur eine Beschreibung und ein kleines Preisschild.

Zärtlich strich Bea über das steinerne Haupt und sprach leise: »Es wird einen Grund dafür geben, dass wir uns hier begegnet sind, meine kleine Schönheit. Willst du mit mir gehen? Mein Balkon wird dir sicher gut gefallen.«

Liebe Leserinnen und Leser!

Solange mir niemand einen schöneren Garten als den der Familie Picker in Borken-Weseke zeigt, bleibe ich dabei, dass er die edelste Gartenperle im Westmünsterland ist. Ein Garten, in dem sich dem Betrachter die Welt als ein riesiges Farbenmeer darstellt. In dem ich oft und gerne zu Gast bin. Wenn Sie meine Begeisterung teilen möchten, gebe ich Ihnen gerne an dieser Stelle eine Wegbeschreibung.

Sie finden **Garten Picker**, wenn Sie von der A31 an der Abfahrt Gescher-Coesfeld auf die B525 Richtung Holland fahren. Dann auf die B70 Richtung Borken, wo hinter Weseke direkt an der Ampelkreuzung der Staudengarten liegt. Dort steht auch die Bockwindmühle, vor der Sie Parkplätze finden. Weitere Infos finden Sie im Internet unter:
www.garten-picker.de

An der Bockwindmühle vorbei führt ein ca. 300 Meter langer Fußweg zum Apothekergarten im Quellengrundpark des Heimatvereines.

Vielleicht sehen wir uns dort irgendwann? Ich würde mich freuen.

Ihre

Tuna vB